Adolf Pichler

Die Tarquinier

Trauerspiel in fünf Akten

Adolf Pichler

Die Tarquinier
Trauerspiel in fünf Akten

ISBN/EAN: 9783743370791

Hergestellt in Europa, USA, Kanada, Australien, Japan

Cover: Foto ©Andreas Hilbeck / pixelio.de

Manufactured and distributed by brebook publishing software
(www.brebook.com)

Adolf Pichler

Die Tarquinier

Die Tarquinier

Trauerspiel in fünf Akten

von

Adolf Pichler

Zweite Auflage

Leipzig

Verlag von Georg Heinrich Meyer

1898.

Vorwort.

Das hier mitgeteilte Werk begleitet mich fast aus meiner Jugend; weil mehr als die horazischen Jahre darüber weggegangen, darf ich es wohl als fertig betrachten. Der erste und zweite Akt wurde bereits 1852 im Phönix abgedruckt, dann brachte 1860 das Nürnberger Album das Ganze und es erschienen Exemplare im Buchhandel. Später hat es mich noch öfter beschäftigt, ich habe es gründlich durchdacht, unterbaut und ergänzt, ohne allerdings einen Grundfehler der Architektur beseitigen zu können. Bruchstücke der neuern Bearbeitung und zwar Akt 1, 2, 5, brachten dann österreichische Blätter. Ich will nun nichts mehr daran ändern, ich übergebe es der Geschichte, denn auf einen Erfolg rechne ich längst nicht mehr, wenn mir auch Fr. Hebbel am 13. Dez. 1852 schrieb: „Ihr Stück ist so vortrefflich angelegt und mit solcher Kraft und Wahrheit durchgeführt, daß es sein Schicksal in sich selbst trägt und sich früher oder später auf der Bühne wie in der Litteratur Bahn brechen muß." Auf dem Theater hätte es mit der Hinrichtung der Verschwornen zu schließen.

Das wird aber nicht eintreffen. Wenn das Trauerspiel vielleicht auch nicht gar so fern vom Sinn und der Richtung des modernen Dramas ab= liegt, so haben sich doch die Zeiten geändert und die antiken Stoffe vorläufig zurückgedrängt.

Ich habe den Weg des Dramatikers bald ver= lassen, ja gar von den Entwürfen, die ich nicht aus= führte zu schweigen, fertige Stücke vernichtet. So Moimir und König Albrecht bis auf den ersten Akt, den ich bei der gegenwärtigen Censur in Österreich kaum drucken lassen darf. Zu Anfang der sechziger Jahre erwachte die Lust am Schauspiel noch einmal vorübergehend. Ich habe mehrere Stücke aus den Zeiten der Liga und der französischen Heinriche im Kopf entworfen, aber nicht auf das Papier übertragen, so daß ich mich jetzt an nichts mehr erinnere.

Der Stoff der Tarquinier ist der Geschichte entlehnt, doch wollte ich nicht den überflüssigen Versuch machen ein historisches Zeitbild oder Zerrbild zu liefern, bezüglich des archäologischen Rahmens hielt ich es für genügend, zwar alles für uns fremdartige auszuscheiden, aber auch nichts neu zu tünchen, wie es manche Historiker thun. Dafür gestattete ich mir jedoch, zurück- und vorzugreifen, so daß mehr die Zeit als die einzelnen Ereignisse sich darstellen. Man sagt: antike oder mythische Stoffe lassen der Willkür mehr Raum; in manchen Fällen gewiß, nur nicht dort, wo der dichterische Geist der Überlieferung die wesentlichen Züge schon scharf umrissen hat.

Darf man im Jahre 1896 noch von der Idee eines Stückes reden, ohne als zurückgebliebener Altertümler beiseite geschoben zu werden? Wagen wir es dennoch! Sie ist alt und neu, der Gegensatz zwischen Recht und Willkür ist mit dem Staate, der ja zum Wesen der Menschheit gehört, längst vorgezeichnet. Republik oder Monarchie sind nur Formen des Ausdruckes nach den Verhältnissen von Zeit und Ort, darum ist dieses Werk auch kein Tendenzstück im gewöhnlichen Sinne des Wortes.

Bei der Individualisierung der Charaktere vermied ich es möglichst, wohlfeile Schablonen anzuwenden oder Schlagwörter als Etiketten zu verwenden. Die Verschworenen mußten als Gruppe auftreten, welche in Aquilius gipfelt, während die anderen, die das Auge fast nur vorüberwandeln sieht, als flüchtige Typen oft fast als Karikaturen gezeichnet wurden. Die Einheit ist gewiß vorhanden, doch hätt' es der Ökonomie der Gattung vielleicht mehr entsprochen, anstatt das Licht auf einzelne Gestalten episch zu zerstreuen, es auf wenige wie in Brennpunkten zu sammeln.

Den Zufall, daß ein Sklave horcht, habe ich aus Livius beibehalten; gar nicht einmal einen pikanten, sondern sehr trivialen Zufall! Vielleicht um so besser, weil er trivial ist. Dann ist der Zufall eben nur Zufall, nicht bewegende wesentliche Macht des Dramas: eine äußerliche Nebensache, während die Entwickelung des Stückes in das Innere der Personen und ihren freien Entschluß gelegt ist.

Dadurch soll das Drama Drama bleiben und nicht zum Ereignis werden.

Ihr zuckt mit den Achseln. — Ich auch!
                    Lebt wohl!

Innsbruck, 27. November 1896.

Adolf Pichler.

Perſonen.

Tarquin, der vertriebene König von Rom.

Aruns, ſein Sohn.

Auguſta, ſeine Tochter.

Atellius, Waffenträger des Aruns.

Sklavin der Auguſta.

Procas,

Herdonius, } von Veji.

Senatoren,

Mamilius, Feldherr von Veji.

Vejer.

Brutus, der römiſche Konſul.

Sabina, ſeine Gattin.

Marcus, } ihre Söhne.

Titus,

Aquilius,

Marullus,

Ahala, } Verſchworene.

Cominius,

Augur,

Publius, römiſcher Unterfeldherr.

Tullus,

Macro, } Römiſche Krieger.

Caeſo,

Seine Frau.

Davus, ein Sklave, dann Vindicius genannt.

Römiſche Senatoren.

Diener.

Liktoren.

Erſter Akt.

Erſte Scene.

Vor Veji. Innenraum eines Zeltes.

Aruns gerüſtet von der einen Seite, Augusta von der andern.

Augusta.

Du biſt von Blut befleckt!

Aruns.

Der Vater wach?

Augusta.

Seit wir aus Rom in die Verbannung zogen,
Flieht ihn der Schlaf. Oſt ſchon um Mitternacht
Scheucht er vom Lager fort die finſtern Träume
Und geht im Garten ſinnend auf und ab,
Blickt auf zum Nachtgewölk, das um den Mond
Wie ein zerriſſner Königsmantel flattert;

1 *

Dann bleibt er wieder steh'n in sich verloren,
Köpft mit dem Stab, als wären's Römerschädel,
Die höchsten Blüten, murmelt Worte drein
Geheimnisvoll und rollt das rote Auge. —
Fast fürcht' ich ihn; — da kommt er selbst!

(Tarquin tritt ein.)

Aruns.

Als Sieger reich' ich freudig dir die Hand.

Tarquin.

Wo trafst du sie?

Aruns.

Dort bei Laurentum war's.
Ich hielt im Wald mit meinen Reitern. Traun!
Nicht vielen zwar, doch gleicher Art mit mir:
Wie Wölfe grimmig, ohne Herd und Götter, —
Verbannte, Räuber hatt' ich mir gesellt.
Der Abend kam; zerstreut im Grase rings
An lässiger Halfter ihre Rosse haltend,
So lagen sie und spähten durch die Büsche.
Ich starrte hin nach Rom; wie auf dem Altar
Die Flamme steigt, so glänzte hehr der First
Des Kapitols im Abendlicht.
Wir haben es erbaut! — Vielleicht sprach dort
Der Priester eben über uns den Fluch . . .
Und Rache! Rache! klang's durch meine Seele.
Da stob die Straße; Römer sprengten her.

Achtlos zerstreut, — nicht ahnten sie den Feind.
Ich drau und drauf; aus jedem Busch ein Schwert —
So würgend Mann an Mann traf uns die Nacht.
Ihr Führer suchte mich; weit vorgebeugt
Die Lanze zückend stürmt' er in den Kampf.
Nur einen Hieb, — dumpf röchelnd sank er hin
Und lag zerstampft. Die Nacht schied das Gefecht.

Augusta.

Doch Marcus sahst du nicht?

Aruns.

Brennt noch in dir
Die alte Thorheit? Lächelnd nähmest du
Von ihm des Bruders blutbespritzte Waffen,
Der hingestreckt den Vögeln liegt zum Raub,
Mit Lächeln sähest du das graue Haar
Des Vaters durch die Gassen Roms geschleift
Von seinem Pferd. — Er ist ja schön, so schön,
Ja schöner noch als Mars, der unter Pappeln
Des Tiberstromes Rheas Gürtel löste:
So schön, daß du vergessen darfst, wie er
Auf unsern Namen schwur den Untergang.

Augusta.

Er ist uns Feind, weil ich ihm ferne bin.

Aruns.

Wo ich ihn treffe, will ich ihn bestehen!

Augusta.

Mir diesen Feind, o laßt ihn beide mir!

Aruns.

Das Schlachtfeld ist kein Brautgemach.

Augusta.

Gieb mir den Helm, — doch nein, ich brauch' ihn
nicht. —
Fort jede Wehr, wo er zum Kampfe zieht!
Auf jenem Rosse flieg' ich ihm entgegen,
Das er so oft am Zügel mir geführt:
Wag' er es dann, den Stahl auf mich zu zücken!
Noch glüht das Aug', in das er sinnend oft,
Wie in des Himmels Tiefen hat geschaut;
Mit einem Blicke will ich ihm gebieten:
Die Waffen weg!
Und mit der Hand, die seinen starken Arm
Gefangen oft im Scherze hielt, will ich
Ihn führen in des Vaters Lager dann:
So, Aruns, werb' ich dir den Kampfgenossen!

Aruns.

Du kennst ihn schlecht! — Atellius zurück?

Tarquin.

Schon gestern früh!

Aruns.

Was bringt er dir aus Rom?

Tarquin.

Seit langer Zeit darf ich zum erstenmal
Mich wieder freu'n: im eignen Busen nährt
Es jetzt die Zwietracht und den Untergang.
Der junge Adel denkt der frohen Zeit,
Der reichen Feste in der hohen Burg,
Als wir noch walteten; er denkt daran,
Daß er nach Lust des Herzens Trieben folgte
Und ich, was kecker Übermut verbrach,
Nicht sehen mochte, wenn es uns nicht traf.
Jetzt sind sie, wie der schlechte Handwerksmann,
Der um sein täglich Brot die Esse schürt;
Denn starr ist Brutus und für alle gleich,
Dem Anseh'n blind, Reichtum besticht ihn nicht.
Vom Konsul seufzen sie nach einem König
Und reifen meinem Plan. Versuchen will
Ich heimlich sie, — ja selbst in Brutus Haus
Werd' ich die Fackel der Empörung schleudern:
Schon wankt Aquilius, der Schwester Sohn.
O könnt' ich auch noch Titus, Marcus locken,
Das wär' ein Tag!

Aruns.

Den Titus such' ich auf, —
Das Losungswort erhielt ich durch Verrat, —
Im Lager ja! Und was mein Wort vermag, —
Ehrgeizig ist er — ja ich will es wagen,

Aus alter Freundschaft folgt er wohl; — er muß!
Der tollste Plan, den ich erdacht noch je,
Drum freut er doppelt mich!

Tarquin.

Zu diesem Krieg
Biet' ich für uns die Vejer auf. Da mag
Der falsche Brutus mit gewohnter List
Das Unheil wenden! Mag der schlechte Troß,
Der jauchzend ihn des Vaterlandes Vater
Genannt, als er uns spottend wies vom Thor, —
O, das vergeß' ich nie! — um Gnade betteln,
Wenn um die Mauern Roms sich eng und enger
Mein Lager flicht, wie eine eh'rne Krone,
Wenn durch die Gassen Pest und Hunger schleicht
Und Zwietracht Bürger gegen Bürger hetzt.

Aruns.

Doch wenn zuletzt der Vejer nach dem Siege
Die Stadt für sich behält, wenn er wohl gar
Sie uns in Trümmer wirft? Wie dann? —
Mein Erbe ist's, soll ich's in fremder Hand
Als Beute seh'n?

Tarquin.

Wir brauchen diese Vejer
Nur kurze Zeit; wie schlechte Hunde stoßen
Wir dann mit einem Fußtritt sie von uns.

Aruns.

Mag dann Mamilius, der sich vermaß
Im Kapitol zu bauen einen Stall
Für seine Rosse, um nach Veji kehren,
Erzählen dort, was er zu Rom geschaut!
So find' ich's recht. — Sieh da, Herdonius!

(Herdonius tritt auf.)

Herdonius.

Versammelt ist im Saale der Senat.

Tarquin.

Wie stimmt die Mehrzahl?

Herdonius.

Man hört allerlei,
Doch nichts Gewisses. Ich, soviel an mir,
War für den Krieg und euch.

Aruns.

Wie läßt das Pferd,
Das ich dir neulich zugesandt, sich an?

Herdonius.

O prächtig!

Aruns.

Einem Ritter nahm ich's ab.

Tarquin.

Ihr langes Zögern kann ich nicht begreifen.

Herdonius.

Sprich selber, und sie folgen alle dir!

Tarquin.

So ist es stets, wo viele reden dürfen!
Bald feige zaudernd, bald schamlos erpicht
Zu hören sich, verwirrt ein jeder nur
Der andern Urteil und zuletzt siegt jener,
Der vorlaut mit der stärksten Lunge brüllt.

Herdonius.

Geduld und Klugheit führt allein ans Ziel.

Tarquin.

Denk' ich zurück — o Rom, wie lagest du
Zu Füßen mir!

Herdonius.

Ich gehe dir voraus!

Tarquin.

Laß auch das Gold dort im Senate wirken.

Herdonius.

Nach deinem Wunsche! (ab.)

Augusta.

Gold bedarfst du, Vater?
Nimm hin, nimm alles, was ich noch besitze
Von alter Pracht, was meine Mutter mir
Als Erbe ließ an Schmuck und Edelsteinen.
Oft freut' ich mich darin, wenn funkelnd hell
Die Diamanten bei Smaragd, Rubin
Wie Taues Tropfen unter Blumen glänzten, —
Sieh her! wie schön! — Ich leg' es freudig hin,

Wenn ihr daraus den gold'nen Schlüssel schmiedet,
Der um die Angeln dreht die Thore Roms.
Was schüttelst du das Haupt, was lächelt Aruns?
In tiefster Seele fühl' ich sie — die Schmach,
Daß ihr als unnütz mich beiseite schiebt.

Tarquin.

Soll eines Vejers Weib die Krone tragen,
Die meiner Tochter schöne Stirn geschmückt
Und wieder schmücken wird, wenn durch die Straßen
Von Rom wir auf zum Kapitole steigen?
Für diese Vejer hab' ich andre Münze.

Aruns (zu Augusta).

O hättest du für ihren Feldherrn nur —
Ein freundlich Wort nur für Mamilius.

Augusta.

Und wär' es eine Silbe nur — nein nein!

Aruns.

Nun! — Wiegt ein Schmuck nicht schwerer als
ein Wort?

Augusta.

Ich könnt' dir zürnen.

Aruns.

Du verzeihst mir wohl,
Send' ich dir Marcus in das Lager her.

(Tarquin und Aruns ab.)

Augusta.

Ja, zürnen muß ich ihm. Doch schärfer faßt
Mich Grauen an, gedenk' ich jener Nacht,
Wo er Lucretia . . . . . der Stahl,
Den sie verzweifelnd in das Herz sich stieß,
Traf uns noch tiefer, stieß uns fort aus Rom
Und zwischen uns und Rom steigt blutig düster
Ihr Schatten auf. — O Aruns, Aruns!
Zum Schicksal wird uns allen deine Schuld,
Wie Sklaven, welche Arm an Arm gekettet,
Ihr Herr dem Richter vor die Füße wirft.
Dem Schicksal! Ob es Untergang verhängt,
Vielleicht den Sieg, wir greifen fest danach,
Entschied der erste Spruch auch wider uns! — —
Sie war ein Weib, das hat ein Weib gethan,
Drum spotte uns'rer nicht! In Lieb' und Haß
Sollst du nicht schwächer finden deine Schwester,
Als jene Römerin, der sich zum Dolch
Im Schlafgemach die Spindel wandelte.
Mehr will ich noch als sie; sie konnte sterben
Aus Furcht der Schmach; ich wage kühn den Kampf
Und auch besiegt fall' ich nicht ungerächt.
Dann Aruns spotte! — Willst du Marcus senden?
Was ich vermag, du sollst es bald erfahren,
Mit Marcus Hand in Hand kehr' ich zurück
Zum Siebenhügel in der Väter Burg!

Zweite Scene.

Der Senat von Veji. Procas führt den Vorsitz. Senatoren
auf der einen, Mamilius, Krieger auf der anderen Seite.

Procas.

Oft wirkt die Drohung stärker als die That!
Nennt nur Tarquin, vielleicht daß dieser Name
Die Römer mehr als Heeresrüstung schreckt
Und sie euch gern, laßt ihr ihn ohne Hilfe,
Zurück die längst vermißte Grenze geben.

Herdonius.

Was Blut verlor, gewinnt nur Blut euch wieder.

Procas.

Du schweigst, Mamilius?

Mamilius.

       Weiß ich doch längst:
Vor Worten wich die Wölfin Rom noch nie.

Procas.

Ihr wagt ein großes Spiel um Land und Herd,
Daher bedenkt! Denn Übereilung straft
Sich schrecklich hier.

Herdonius.

       Hört doch zuvor Tarquin!

Senator I.

Seh'n möcht ich ihn.

Senator II.

Ich auch!

Senator III.

Ob er noch stolz ist?

(Tarquin und Aruns.)

Senator I.

Der ist der König?

Senator II.

Ja!

Senator III.

Er grüßt uns kaum.

Tarquin.

Seid ihr entschlossen gegen Rom zu ziehn?

Procas.

Ist deine Bitte . . .

Tarquin.

Bitte! soll ich wohl
Um eure Gnade fleh'n zum Staub gebeugt?
Aus meinem Scepter wird kein Bettelstab
Und jene Stimme, welche Rom befahl,
Hat längst verlernt zu kosen und zu schmeicheln.

Procas.

Elend und Stolz sind kein Geschwisterpaar.

Tarquin.

Zum Bunde biet' ich Veji diese Hand.

Procas.

Porsennas Schatten tritt mir vor die Seele
Und warnt vor diesem Krieg.

Mamilius.

Der schwache König,
Der aus Gutmütigkeit sein tapferes Heer
Von Rom zurückgeführt und den dafür
Das Volk gesteinigt, dem vergleich' uns nicht!

Tarquin.

Vergaßet ihr, wie Schlachtfeld sich an Schlachtfeld,
So weit das Auge reicht, zum Tiber dehnt'?
Dort sanken eure Männer wie das Gras
In Schwaben hingemäht und fern zum Meer
Wälzt' ihre Leichen hin der gelbe Strom.
Du mit dem grauen Bart, fiel dir kein Sohn, —
Kein Vater dir, kein Bruder euch? — Ja, ja! —
Verbirg das Antlitz nicht im Purpurstreif, —
Ich kenne dich, dir raubten sie die Tochter,
Die Braut dir, beide siechten hin zu Rom . . . .
Ihr murmelt, ballt die Faust, ihr weint; —
Habt ihr mit Blut vergoss'nes Blut gesühnt,
Ist denn in ihren Gräbern feig begraben
Die Rache schon, die sie nicht schlafen läßt?
Doch was sind Tote! — Blickt vor Vejis Thor,
Dort ragt der Grenzstein, den euch Rom gesetzt —
Von heut auf morgen! bis den Eisenarm

Es streckt durch eure Stadt und ihr als Knechte
In seinem Siegeszuge winselnd kriecht.

Aruns.

An Männern reich ist eure Stadt; die Narbe
Verdank' ich eines Vejers Speer; nicht g e g e n —
M i t euch als Feldherr zieh' ich in den Kampf.

Mamilius.

Ein Fremdling, Feldherr?

Aruns.

Wohl! ein Fremdling dir,
Denn niemals trafen wir uns in der Schlacht.

Mamilius.

Was bleibt Euch noch, versagen wir die Hilfe?

Aruns.

Der Haß, der keinem Gotte weicht an Macht.

Procas.

Was soll der Streit? Weit besser ist mein Rat.
Nach Rom entsendet einen Boten erst:
Daß man die Heimkehr diesen hier gestatte, —
Uns werde wieder eingeräumt die Flur,
Die wir im Kriege nach und nach verloren.
Wenn Rom sich weigert, droh' er mit den Waffen,
Eh' noch drei Tage um, naht schon ein Priester,
Den's zur Versöhnung uns hierher entbeut.

Aruns.

Vielleicht sogar den Stier zum Friedensopfer!

Senatoren.

Wir stimmen bei, wir auch, wir auch, wir alle!

Mamilius.

Viel Schafe überblöken einen Leu.

Procas.

Ein junger Thor zählt gegen Greise nicht.

(Ein scharfer Trompetenstoß. Alle fahren auf.)

Aruns.

Das ist die Tuba uns'rer Legionen.

(Diener tritt ein.)

Diener.

Ich meld' euch einen Abgesandten Roms.

Tarquin.

Sein Name?

Diener.

Publius!

Procas.

Er trete vor!

(Diener ab.)

Tarquin.

Ich ahn' es schon, der Friedensbote naht,
Hell schimmert sein Gewand, ein Panzer ist's,
Er trägt den Stab, doch ist er stahlgespitzt,

Es glänzt sein Blick, doch nur von heißer Glut,
Wie sie verzehrend durch die Städte loht, —
Den Friedensboten sendet Rom zum Gruß, —
So hab' ich ihn ersehnt, willkommen mir.

(Publius gefolgt von sechs Liktoren.)

Tarquin.

Was bietet uns der römische Senat?

Publius.

An dich geht meiner Sendung Wortlaut nicht:
Verbannt von Rom, bist du auch tot für uns.

Tarquin.

Noch leben wir, und bald erfährt es Rom.

Publius.

Nicht die Verbannung, nicht ihr bittres Leid
Brach deinen Sinn, was trotzest du dem Himmel?
Dein Schicksal ist es nicht, in Rom zu herrschen,
Das sag' ich dir, das sagt dir jede Schlacht,
Die du verlorst; — und wärest du so groß
Als klein du bist, — Rom duldet Götter nur,
Nicht Sterbliche als Herrscher über sich.

Tarquin.

Es hat sich sieben Königen gebeugt.

Publius.

Das Volk hätt' dich getragen auf den Schultern,
Vor deinem Fuß die Kleider ausgebreitet,

Mit innigem Gebete deinen Schlaf
Behütet, dir Altäre aufgerichtet
Mit hohen Festen, hättest du gewaltet
Stets eingedenk, daß mit dem Recht die Pflicht
Die Götter an des Königs Thron gestellt.
Hast du gethan so? — Gut und Leben riß
Den Bürgern weg ein Wink der schwarzen
Brauen ...
(zu Aruns.) Und du, so wie der Bär des Apennin
Der Biene raubt den süßen Honigseim,
Brachst in der Tugend, in der Keuschheit Hort.
Lucretia! Noch wird mein Auge feucht,
Gedenk' ich deiner! — Du hast nur ein Leben,
Und tausend Leben würden nicht genügen,
Zu tilgen ihre Schmach!
Ja, grinse nur mit frecher Stirn! — Du
schweig!
Denn Rechenschaft verlang' ich jetzt von Veji.
Warum nahmt ihr in eurer Städte Ring
Als Schutzgenossen auf den Feind von Rom?

(Allgemeine Bewegung.)

Herdonius.

Was! Rechenschaft —

Publius.

Ich fordre sie von euch!

2*

Procas.

Glaubst du, daß Rom uns ungestraft verhöhnt,
Rom, das uns danken soll, wenn wir noch nicht
Den Krieg erklärt?

Publius.

Ihr wollt den Krieg?

Mamilius.

Ja, Krieg!

Publius.

Fühlst du dich sicher hinter Thor und Riegel,
Daß du nach Krieg zu schreien wagst? Seit wann
Schwillt dir das Herz so mächtig? Weil vielleicht
Tarquin an deiner Seite droht, vor dem
Ihr einst gezittert, als er Rom beherrschte?
Noch steht ja Rom, so wie es stand, als dich
Den Strick am Hals, barfuß, vor den Senat
Die Schergen führten, du für deine Stadt
Die Hände flehend aufhobst um den Frieden,
Den wir großmütig schenkten. — War's nicht da,
Wo ihr beschworet, keinen Feind von Rom
Bei euch zu dulden mehr, sei's öffentlich,
Sei's insgeheim? Nun dem Vertrag gemäß
Befiehlt euch Rom: Mit Rutenhieben jagt
Ihr heute noch gefesselt diese zwei
Vor unser Thor, wo schon der Henker wartet.
Und weil sie unter eurem Schutz auf uns

Einbrachen feindlich, — wo blieb euer Schwur?
So ist's an euch, den Schaden zu ersetzen.

Mamilius.

Auf unsern Waffen bringen wir Bezahlung.

Publius.

Wir hätten sie, wär' beine Zung' ein Schwert.

Aruns.

Das tragt ihr in Gebuld?

Publius.

Ja ober nein!

Procas.

Wir überlegen.

Mamilius.

Wir sagen euch's zu Rom.

Publius.

Sucht ihr vielleicht vor seinen Wällen Platz
Für eure Leichen? Brutus steht bereit,
Mit ihm ein ganzes Heer von Totengräbern
Ergrimmt und kühn; — nun, kommt es euch zu
                                    früh?

Mamilius.

Den Römern Krieg!

Alle.

Den Römern Krieg!

Publius.

Euch ruf' ich an, ihr Götter, auf ihr Götter!
Straft den verletzten Eid des Völkerrechtes
Und sendet Fluch vom Himmel, aus der Hölle
Auf diese Stadt, gebt die Vollziehung uns
Zur rechten Hand! — In ihrem Rate laßt
Verwirrung sitzen, Schrecken sei im Heer!
Verlasset sie! ich ruf' euch aus den Tempeln,
Ich ruf' euch von den heiligen Altären,
Sie sei'n entweiht, nur eure Schreckgestalten
Ihr Todesgötter, mögen hier noch walten!

(Indem er abgeht, fällt der Vorhang.)

Zweiter Akt.

Erste Scene.

Das römische Forum. Abend. Brutus in Waffen auf einem erhöhten Sitze. Publius, Tullus, Caejo und dessen Frau. Links Senatoren und Volk. Rechts das Heer.

Brutus.

Schon brachte Publius den Krieg aus Veji,
Darum entbot ich euch so spät hieher.

Publius.

Hier ist die Liste.

Brutus.

Wie? — gezeichnet schon!

Publius.

Und zwar mehr Namen, als du für den Krieg
Zur Stellung vorgemerkt. Hab' ich's doch nie
Gesehen so: sie drängten alle zu;

Ein jeder stellte sich vor Augen mir,
Als wollt' er nicht vergessen sein. Was sonst
Die Bürger widerwillig abgelehnt,
Erbat als einen Vorzug jeder sich.

Brutus.

Jetzt kämpfen sie für Rom, nicht für Tarquin.

Publius.

Da sind zwei Brüder gleich benannt; auf sich
Bezieht den Ruf ein jeder und bestreitet
Des andern Recht, was ist zu thun?

Brutus.

Nimm beide!

(Caeso; seine Frau sucht ihn zurückzuhalten.)

Frau.

O bleib', ich bitte dich!

Brutus.

Was will der Mann?

Caeso.

Drei Tage sind es kaum, daß ich von Rom
Nach Alba ging, um dort die Braut zu holen.
Hier steht sie neben mir, — erröte nicht,
Nur wo Tarquin mit seinem Sohne herrscht,
Droht Frauen Schmach und Leid; — da sagte man,
Daß du die Bürger rufest in den Krieg! —
Zwei Jahre bin ich waffenfähig schon!

Frau.

Und mich verläßt du?

Brutus.

Stell' dich in die Reihe!

(Caejo tritt mit ihr zurück.)

Brutus.

Was drängst du vor?

Tullus.

Ich bin ein Veteran,
Längst ausgedient. Doch als die Schlachttrompete
Mein Ohr erreichte, warf ich weg die Krücke:
Mag sich mein Enkel Stelzen daraus schnitzen, —
Ich zieh' mit dir zum letztenmal ins Feld
Und wenn ich falle, schreibt mir auf das Grab:
Bis in den Tod hat er Tarquin gehaßt!

Brutus.

Sei's dir gewährt! Was drängt ihr alle zu?
Nein, bleibt! Auch diese Mauern brauchen Schutz,
Wo Feinde drohen nah' und ferne, bleibt!

Publius.

So thut das Volk, die Ritter fehlen meistens.

Brutus.

Da blieben wohl die älteren zurück?

Publius.

Nein! deine Freunde, die das graue Haar
Vom Feldbienst löste, boten sich zuerst.

Brutus.

Die Jugend aber, die sich mit Geschrei
Am Katafalk Lucretias gesammelt,
Wo ist sie nun? — Sie starrten auf ihr Blut
Und schwuren Eide: bis die Schmach gerächt,
Zu tragen nur das dunkle Trau'rgewand.
Die ersten sonst, sind sie die letzten heut
Und lassen rufen sich durch den Befehl.

Publius.

Vielleicht kann es Aquilius erklären,
Denn seine Freunde blieben alle weg.

Brutus.

Wärst du nicht meiner Schwester Sohn — —

Aquilius.

Gebeut!

Ich leihe gern von Publius die Rüstung.

Publius.

Und ich von dir die Feder, Advokat,
Mit der du knickernd die Prozesse führst. (Titus tritt auf.)
Du kanntest deine Pflicht, warum so spät?

Titus.

Behalt' die Frage, hier befiehlt mein Vater.

Brutus.

Er hat das Recht, — und auch die Pflicht zu strafen.

Titus.

Es kam aus Asien ein Waffenhändler,
Da mußt' ich wählen erst, ob ich die Rüstung
Aus Silberdraht, ob die von blauem Stahl
Mit goldgetriebner Fassung kaufen solle.

Prätor.

Vor wenig Tagen ward auf jeden Schmuck
Von Gold und Silber das Verbot gelegt.

Brutus.

Du kannst der Venus deine Rüstung opfern.
Reicht Waffen ihm, wie diesen Männern hier.

(Ein Liktor giebt Brutus ein Blatt.)

Soeben bringt der Liktor mir Bericht:
Das Lager für das Heer sei abgesteckt
Und Aruns rücke mit den Vejern an.

Publius.

Das eine wie das andre mir erwünscht!

(Es beginnt zu dunkeln. Fernes Blitzen und Donnern.)

Augur.

Ein Wetter droht; so löse die Versammlung,
Wie heil'ger Brauch und Vätersitte fordert.

(Brutus steht auf.)

Brutus.

Recht hat der Augur; denn zu lange schon
Verlieren wir die Zeit, uns ruft ein Gott
Mit lautem Donner! Mag Tarquin die Völker
Wie Sturm die Wolken hetzen wider uns:
Sein Odem bläst den stolzen Bau nicht um,
Den wir begonnen auf dem Kapitol!
Aus Wetternacht, im Fang den Donnerkeil
Schwingt sich des Sieges Aar vom Himmel nieder
Und schwebt vor uns mit dunklem Fittich her:
Wir folgen seinem Zeichen in das Feld.

Ergreift den Legionsadler neben dem Stuhle und übergiebt ihn
dem Träger. Alles setzt sich in Bewegung, die Hörner und
Trompeten fallen ein; dazwischen die Schläge des Gewitters,
während sich die Bühne wandelt in die

Zweite Scene.

Römisches Lager. Nacht. Tullus, Caejo, Krieger, Macro.

Tullus.

Sieh hin, es flammen von des Feindes Wall
Die Feuer eines nach dem andern schon.

Caejo.

Nach ihrer Zahl sind stärker sie als wir.

Tullus.

Drum nahm auch ihre Reckheit täglich zu.

Caeso.

Den Wall erklimmt doch keiner.

Tullus.

Eine Schlacht
Entscheidet mit gefaßter Kraft den Krieg.

Caeso.

Ob dann Tarquin die Zähne fletscht, wie dort,
Als er von Rom den letzten Abschied nahm?
Stets dacht' ich an den Wolf des Kapitols.

Tullus.

Laß' fletschen ihn, er beißt uns schwerlich mehr.

Caeso.

Schlüg' ihn der Blitz zur Hölle doch hinab,
Dann hätten endlich Ruhe wir vor ihm.
Schon naht der Herbst; wie gerne kehrt' ich heim,
Mich friert, der Mantel ist ganz hin, ein Sieb
Hat nicht mehr Löcher.

(Publius.)

Publius.

So nimm den dafür!
Du zauderst, weil er schlechter noch als deiner?
Bin ich dein Führer nicht? Erst wenn du mehr
Als ich entbehrest, dann beklage dich.

Tullus.

Hast du's gehört?

Publius.

Hielt sich der Feind im Lager?

Caeso.

Nichts regte sich.

Publius.

Dann könnt ihr rasten heut! (Ab.)

Tullus.

Das ist ein Mann! Der rechte Arm des Konsuls,
Zum Schlagen stets bereit, und schlägt er zu,
Trifft er nicht fehl. Hätt' Brutus nicht den Sohn,
Den Marcus, welcher kühn und brav wie er,
So wünscht' ich Rom, er hätte Publius.

(Macro mit Holz.)

Tullus.

Wo holtest du den Pfahl?

Macro.

Am Thor des Feindes
Stahl ich die Palissade. Keiner merkt' es?
Sie sitzen dort am Feuer, sieden, braten,
Daß mir das Wasser durch die Zähne lief,
Die andern würfeln und daneben schnarcht
Ein Paar im Rausch.

Caeso.

Wir essen Eichelkost
Und trinken aus der Pfütze trüben Schlamm.

Wie wär's, wenn wir uns mit dem Schwerte keck
Als Gäste lüden an den vollen Tisch?

Unterdes erschien Aruns im Hintergrunde, eingehüllt in den
Mantel, den Wolfshelm auf dem Kopfe. Tullus bemerkt ihn
und ruft den andern:

Tullus.

Die Lanze vor!

Aruns.

Holt mir des Konsuls Söhne!

(Tullus geht mit zwei Kriegern gegen Aruns.)

Tullus.

Die Losung?

(Aruns giebt sie leise.)

Tullus.

Richtig!

Aruns.

Holt des Konsuls Söhne!

(Tullus ab.)

Caeso.

Kommst du von Rom?

Aruns.

Ich reise hin.

Caeso.

Bleibst du bei uns?

Aruns.

Ich hoffe bald.

Caeso.

Haft du Geschäfte?

Aruns.
Nicht mit euch!
(Marcus und Titus treten auf.)

Titus.

Zeig' dein Gesicht.

Aruns.
Wenn diese fort sind.

Titus.

Geht!

(Die Krieger ab. Aruns wirft den Mantel zurück.)

Titus.

Du bist's! — Bei allen Göttern! — Aruns selbst!

Aruns.

Du bist's! — Bei allen Göttern! — Titus selbst!
(Zu Marcus.)
Doch erst an dich! Es läßt dir meine Schwester —

Marcus.

Sie denkt an mich?

Aruns.
Du sendest Tag für Tag
Erschlagen unsre besten Freunde ihr,
Wie könnt' sie deiner Liebe je vergessen?

Marcus.

Ist sie im Lager?

Aruns.

Ja!

Marcus.

So nah! Wie oft
Dacht' ich um diese späte Stunde noch
Einsam an sie. Nun ist sie mir so nah!
O sag' ihr doch —

Aruns.

Ich bin kein Liebesbote.
Dort, wo das weiße Zelt im Dunkel schimmert,
Kannst du sie finden.

Marcus.

In des Feindes Lager?

Aruns.

Wo anders sonst? — Doch nicht in Brutus' Haus?

Marcus.

Wenn nun ein Hinterhalt —

Aruns.

Du kennst mich schlecht,
Ein Aruns greift zu solchen Mitteln nicht.
Die Wache hat Befehl, — frei ist der Weg!

Marcus.

Darf ich sie sehen?

Aruns.

Sie erwartet dich!

(Marcus rasch ab.)

Titus.

Was suchst du mich um diese Stunde noch?

Aruns.

Die einzige, wo ich dich sprechen darf.

Titus.

Im schwarzen Mantel! Wenn ein Späherblick —

Aruns.

Das Trauerkleid für den gestorb'nen Freund!

Titus.

Wann hätt' ich aufgehört dein Freund zu sein?

Aruns.

Seit du in Rom dich vor dem Pöbel neigst.

Titus.

Wer sagte das?

Aruns (ihn spöttisch betrachtend).

Du selbst! Wie schön dir doch
Der Panzer steht aus Grobschmieds Hand! Hat ihn
Der Vater für dich ausgewählt?

Titus.

Verdammt!

Aruns.

Und deine Rüstung prangt im Venustempel?
Wie fromm du bist!

Titus.

Das ist mein wunder Fleck!

Aruns.

So deck' ihn zu! Es hat dein Vater ja
Aus den Tapeten, die in unsrer Burg
Den Boden schmückten, Mäntel schneidern lassen
Für seine Krieger.

Titus.

Ha, wer sagte das?

Aruns.

Man lacht euch aus.

Titus.

Aruns!

Aruns.

Ja, ja, man sagt,
Daß ihr sehr mäßig lebt in Rom; man habe
Die Thore dem Marullus eingeschlagen,
Weil er ein Gastmahl gab.

Titus.

Es kam ein Schwarm
Von Bürgern — Bürgern Roms! wie sie sich
nennen.

3*

Das mahn' an den Tarquin! scholl das Geschrei,
Mit Kot und Steinen trieben sie uns weg,
Und dann mit schmuß'gen Händen Wein und Speise
Aufräumend, brüllten sie der Republik
Ein lautes Hoch!

Aruns.

Ihr nahmt's geduldig hin?

Titus.

Zeig' eine Rettung mir!

Aruns.

Was willst du thun?

Titus.

Ich geh' nach Griechenland!

Aruns.

Pfui, feig zu fliehn!
Behagt der Stuhl dir nicht, auf dem du sitzest,
So wirf ihn um!

Titus.

O still! ich habe schon
Das für und wider oft bei mir erwogen,
Doch steht das Spiel für dich und mich nicht gleich.
Ich bleib' in Rom, du kehrst nach Rom zurück;
Dich hassen sie, denn Haß verhöhnt die Macht,
Auf mich jedoch zielt spöttisch jeder Knecht:
Ich seh' sie winken schon, ich hör' sie flüstern:

„Ei schaut, der ist es, welcher Rom verriet,
Der uns in Not gebracht" — was sie so reden!
O laß mich fliehn, mir ekelt, wenn ich's denke.

Aruns.

Wer sagt dir wohl, du sollst allein es wagen?
Was einer thut, mag heißen gut und böse,
Was viele? — Nun, den Ausschlag giebt Erfolg
Und Recht hat die Partei stets, welche siegt.

Titus.

Partei? Hast du denn schon Partei?

Aruns (zieht Schriften hervor).

Sieh hier!

Titus.

Was? Briefe von der besten Jugend Roms!

Aruns.

So ist's!

Titus.

Ja das genügt! Hier meine Hand.

Aruns.

Mein Vater bietet dir mit seinem Gruß
Die Prätorswürde, kehren wir nach Rom.

Titus.

Mein Wort! — Doch halt! —

Aruns.

Was willst du noch?

Titus.

Für mich nichts mehr, jedoch mein Vater — sieh!
Ich kenn' euch wohl; weiß nur zu gut, daß ihr
Nicht ohne Mord den alten Thron besteigt.
Ich hab' den strengen Mann gefürchtet mehr
Als kindlich je geliebt; doch meine Mutter
Soll nicht zur Witwe werden.

Aruns.

Mag Sabina
Mit ihm noch lang am Herb des Hauses walten!
Wir schicken ihn auf seine Güter wieder,
Wo er vordem sich barg. Oft hört' ich ihn:
„Dem edlen Römer steh' es gut, im Frieden
Die Muttererde mit dem Pflug zu bauen;
So lieblich schmecke nichts, als wie die Frucht
Des eignen Schweißes aus der eignen Scheuer;
Das Schwert sei Stahl, die Pflugschar ebenfalls.“
Jetzt sag' er auch: „es seien Hirt und Bauer
Noch vor dem König auf der Welt gewesen
Und darum auch vor diesem achtungswert!“
Nun gut! Sie waren's vor dem Konsul auch.
Schreit' er denn friedlich hinter seinen Stieren
Und eß' das Brot aus seiner eignen Scheuer,
Wir gönnen ihm's!

Titus.
Ihr haltet mir auch Wort?

Aruns.

Was sollen wir, wenn wir die Krone tragen,
Uns kümmern um den Bauern noch?

Titus.

Wohl wahr!

Aruns.

So sind wir einig! — Ich muß schnell von hinnen,
Plan, Weg und Mittel weiß Aquilius,
Leb' wohl!

Titus.
Auf Wiedersehn im neuen Glück!

(Beide gehen ab.)

Dritte Scene.

Im Zelt von Veji. Augusta und ihre Sklavin. Dann Marcus.

Augusta.
Lösch aus das Licht! Wir wollen schlafen geh'n,
Er kommt nicht mehr.

Sklavin.

Zweimal befahlst du schon
Das Nämliche, und als ich es gethan,
Schaltst du auf mich: es zieme nicht im Dunkel
Ihn zu empfangen.

Augusta.
Nein, er kommt nicht mehr.

Sklavin.

Er kommt gewiß.

Augusta.
Meinst du es auch? — Ja doch!

Sklavin.

Er kommt gewiß! Kaum möglich ist's, daß er
Den langen Weg so schnell zurückgelegt.

Augusta.

Kaum möglich? Das erneut die Sorge mir, —
Kaum möglich; — also möglich doch, glaubst du?
Er wär' schon hier, beflügelte den Fuß
Die Leidenschaft. Doch so! — er überlegt
Dem Krämer gleich, der an der Wage steht:
Hier ich, hier Rom! — Der Mond sank am Sorakte,
Die Zeit verrinnt.

Sklavin.
Ich warnte dich — wie oft!

Augusta.

Du warntest mich? — Vor ihm! —

Sklavin.
Des Brutus Sohn,
Der deinen Vater frech verriet.

Augusta.
Horch — Schritte —

Sklavin.

Der Wachen, ja!

Augusta.

O eitle Hoffnung, Närrin!
Daß du so leicht dich täuschen läßt von ihm!
Du hattest Recht, als du mich sorglich warntest;
Er ist wie alle, — nur von heut auf morgen.

Sklavin.

Nun schiltst du ihn! bedenke die Gefahr
Auf seinem Weg.

Augusta.

Was sprichst du von Gefahr?

Sklavin.

Es droht der Römer, droht der Vejer ihm.

Augusta.

Ja! während ich ihn sehnsuchtsvoll erwarte,
Ringt er vielleicht, sich einen Pfad zu brechen.
Nach seiner Stirne schlagen tausend Schwerter,
Nach seinem Herzen zielen tausend Lanzen.
Es fließt sein Blut und auf der roten Welle
Fließt in den Lethe seine Liebe hin.
O wenn ihr Götter Liebende noch schützt,
So laßt den Stern ihm leuchten, der ihn oft
Auf dunklem Pfad in Rom zu mir geführt!
Leiht ihm den Schild, mit dem ihr unsichtbar
Zur Erde gleitet von des Himmels Höhen,
Daß er wie jener Griechenjüngling nicht
Umbraust von Wogen der Gefahr versinke.

Sklavin.

Die Schwelle streift ein Fuß.

Augusta.

Er ist's!

(Marcus tritt ein.)

Marcus.

Augusta!
Du wendest dich! das ist der Blick nicht mehr,
Nach dem ich mich voll Leid so lang gesehnt.

Augusta.

Es steht auch jener Marcus nicht vor mir,
Den einst mein Aug' mit stolzer Freude sah.

Marcus.

Wie sonst zu Rom, so hoff' ich heute noch
Von deinem Mund —

Augusta.

Ein Römer bist du ja,
Rom darf allein die Seele dir erfüllen
Und Rom hat mich geächtet und verstoßen.
Schon taut die Mitternacht. (Zur Sklavin.) Wir
wollen ruh'n,
Lös' mir das Haar. Nur wenig Worte hab' ich
Für diesen hier. — Die Lampe flackert schon —
Das Tröpfchen Öl genügt, dann mag er gehn.
Wart' an dem Thor.

(Sklavin ab.)

Marcus.

So willst du nichts mir lassen
Als nur Erinnerung vergang'ner Zeit,
Vielleicht auch diese kaum!

Augusta.

Du bist mein Feind,
Der Meinen Feind! — Ach wenn mich jemand fragt:
Was irrt dein Vater hin von Stadt zu Stadt,
Was kämpft verzweifelnd Schlacht um Schlacht
                              dein Bruder,
Was sucht dein thränenfeuchtes Auge dort
Auf jenen Zinnen? — ja dann muß ich sagen:
Seht ihr den Krieger vor dem Thor? Er wehrt
Gleich einem Wächter an des Himmels Thor
Die Heimkehr uns! — Einst hat er mich geliebt!

Marcus.

Einst nur?

Augusta.

Durch die Verbannung hetzt er mich,
Mit Schwert und Speer bedroht er dieses Herz,
Das ihm nur schlug, als möcht' sein Bild er
                              grimmig
Zerstören dort mit meinem letzten Hauch.

Marcus.

Halt' ein! was weckst du die Vergangenheit,
Mit allen Wunden, allen Toten auf!

Augusta.

So zählst du deine Liebe zu den Toten?

Marcus.

Wenn Leben Schmerz ist, lebt auch meine Liebe.

Augusta.

Es ist ein frostig Spiel mit Worten nur,
Dem fremd die That und höhnisch widerspricht.
Was liegt daran? — Ein Stern schwebt hold und
                                        treu
Zu Häupten einem Wanderer, der einsam
Hinzieht von Land zu Land: in die Verbannung
Begleitete mich deine Liebe so, —
Der Stern verblaßt, verwelkt ist auch die Liebe!
Was liegt daran?

Marcus.

                Du hältst auf ewig mich,
In die Verbannung will ich ziehn mit dir,
Wohin uns immer treibt der Götter Haß:
In meinem Arm trag' ich dich durch die Wüste
Und ringe mit dem Leu, der dich bedroht,
Mit wunden Fingern grab' ich aus dem Sand
Dir einen Born und, sinkt die Nacht herab, —
Ob nun der Mond am klaren Himmel glänzt,
Ob Sturm die Eichen über uns zerbricht, —
Bewach' ich off'nen Auges deinen Schlummer.
Gönnt neidisch uns die Erde keine Stätte,

So trotz' ich, an des Schiffes Steu'r gestemmt,
Dem Meere, mag es uns zum Himmel schleudern,
Mag's ziehen in den grausen Abgrund uns!
Laß uns vertrau'n, vielleicht führt uns ein Hauch, —
Vielleicht auch scheitern wir an einer Insel,
Wo unter Palmen endlich Friede blüht.
Dann laß uns ruhen Arm in Arm geschlungen,
Laß uns vergessen, daß wir heimatlos.

Augusta.

Führ' uns nach Rom; der Liebe schönstes Glück
Verdanke mir, mir schenk' ein Vaterland.

Marcus.

Denk' nicht an Rom, so lang' mein Vater noch —

Augusta.

So wird dein Vater uns für immer trennen.

Marcus.

Soll ich die Waffen tragen wider ihn?

Augusta.

Nicht gegen ihn, nur wider uns nicht mehr.
Wenn Aruns hin vor Rom die Vejer führt:
Das Thor steht offen, alles fügt sich leicht!

Marcus.

Leicht wie der Tod! So wenig kennt ihr Brutus?
Als hätt' er sich die Republik geschaffen
Zum Kinderspiele, das ein müder Knabe

Des Abends, eh er schlafen geht, verwirst.
Du sahst ihn nie, wie er das Aug' in Flammen
Gleich einem Seher von der Zukunft sprach,
Daß uns ein Schauer faßte, ob er selbst,
Ob nicht durch ihn ein Gott zu uns geredet.
Nicht dieses Stückchen Erde ist's, das einst
Mit seinem Pfluge Romulus umzogen,
Auch nicht Italien, wie es zwischen Alpen
Und Meer sich dehnt: er baut nur für die Welt;
Und wer es wagt, zu hemmen seine Bahn,
Muß groß sein, wie er selber, wie das Schicksal,
Das Welten baut und Welten tritt zu Staub.

Augusta.

So bleib bei ihm zu Rom!

Marcus.

Vermag ich es?
Wenn ich aus deiner trauten Nähe zögernd
In später Stunde schied, wie oft, wie oft!
Setzt' ich mich auf die Schwelle noch und harrte,
Bis fern im Osten durch die feuchten Nebel
Der Morgen schien, und drückte auf den Stein
Voll Inbrunst Küsse. Wenn die Bauern dann
Mit ihrem kleinen Kram durchs off'ne Thor
Der Stadt einfuhren, spotteten sie meiner.
Ich aber kaufte, was von Blumen sie,
Von Kränzen brachten, legt' es auf die Schwelle

Und wartete verborgen in der Gasse
An einem Pfeiler, bis du vorgebeugt
Durchs Fenster sähst den reichen Schmuck der Treppe
Und lächelnd noch des Liebenden gedächtest.
Das war, — o könnt' ich es vergessen! — wann! —
Dein Vater herrschte, Rom war noch nicht frei!

Augusta.

Nennst du es frei, weil ich daraus verbannt?

Marcus.

Verbannt bin ich zu Rom, bist du mir fern.

Augusta.

Und doch gilt Rom dir mehr als meine Liebe.

Marcus.

Hab' ich geträumt nicht, daß es groß und herrlich,
Im freien Rom der erste Held zu sein,
Geehrt, gepriesen, kehrend im Triumph,
Und meine Waffen, wenn ich nicht mehr bin,
Zum Schmuck in Tempelhallen aufgehängt?
Ein Lied mein Name in des Enkels Mund;
Schaut er den Helm, das rostige Schwert, so klingt es
Wie Sagen nach, — du aber hältst mich fest, —
Ich hab' geträumt und diese Träume sind
Nicht mehr der hohen Thaten Morgenrot.

Augusta.

Tot ist der Ruhm, der nur die Urne schmückt!
Hat nicht die Liebe ihre Helden auch,

Die ruhmbekränzt durch alle Zukunft leuchten,
An Größe jedem gleich und größer noch,
Doch einzig reich an jeder Seligkeit?

Marcus.

Mir ist wie dem Verdammten, den im Lauf
Zersprengt die Rosse auseinanderreißen!
Du hier, dort Rom! und mehr als mich muß ich
Beklagen dich und deinen tiefen Schmerz.

Augusta.

Kein Mitleid, ach! Gieb mir Gerechtigkeit,
Gieb Liebe mir, wie ich dir Liebe gab,
Die nichts vergelten kann als Liebe nur,
Gieb Liebe mir! — was stehst du bleich und
                                        zitternd, —
Gieb Liebe mir! — du zagst — gieb mir den Tod!
Du hast für mich kein andres Brautgeschenk,
Süß wird er sein, wie einst der erste Kuß,
Den du mit heißen Schwüren mir geraubt
Und mit dem Blut verströmt auch Schmerz und Liebe.
Was zauderst du? denk' an Lucretia!
Ihr Männer Roms seid feiger als die Frauen,
Doch was die Hand versagt, gewährt dein Schwert!

(Sie reißt ihm das Schwert von der Seite; er hält sie.)

Marcus.

Augusta!

(Er fällt ihr in den Arm.)

Augusta.

Marcus!

Marcus

(sie heftig an sich ziehend). Du bist mein!
Ja, du bist mein! Entflohen sind die Schatten
Wie graue Nebel, die mich einst gelockt.
Ja, du bist mein! Das einzige Gefühl,
Der einzige Gedanke brennt in mir.
Was folgen mag, ob Wonne oder Weh —
Fahr' alles hin, bleibt deine Liebe mir!

(Der Vorhang fällt.)

Dritter Akt.

Freie Landschaft. Rückwärts ein Hügel; dahinter seitlich halb sichtbar die Mauern und Türme von Veji. Im Vordergrunde Brutus, Marcus, Titus, Publius. Das römische Heer.

Brutus.

Die Schleudrer ziehen sich vom Kampf zurück.
Geschloss'ne Scharen müssen jetzt entscheiden;
Im Felde Publius. Dort liegt der Sieg,
Mit Römerkunst lenkt Aruns dort die Vejer, —
Und du mein Titus lerne dort und zeige,
Daß auch im Flaume Männerthat gelingt.

(Zu Marcus.)

Auf jenem Hügel steht Mamilius,
Der durch den Herold dich zum Kampf gefordert,
Wie das Gerücht sagt, segnet ihm die Waffen
Die Tochter Tarquins.

Marcus.

Ist sie Feindin auch,
Bleibt sie doch Römerin. Thu' ihr nicht unrecht,
Nie bietet einem Vejer sie die Hand.

Brutus.

Dort auf dem Walle laur't Tarquin und schaut
Angstvoll auf uns; er soll uns nicht entrinnen,
So tief sank er! Ich darf es sagen hier:
Mein ist das Werk! und jene hohen Mächte,
Die alles hörend über alles richten,
Sie wissen auch, daß ich bei meiner That
An Rom allein gedacht. Was ich begann,
Hilf du vollenden, führ' es aus mit Kraft.
Jetzt ist die Stunde, dein Erröten zeigt,
Daß du durch tapfre Thaten meine Hoffnung
Noch übertreffen wirst. Als Zeichen nimm:
Es krönt den Hügel, wo du fechten wirst,
Im reichen Blütenschmuck ein Lorbeerhain.

(Er zieht rechts mit Publius und einem Teil der Krieger ab.)

Marcus.

Mamilius! Er wagt es wider mich!
Er durfte täglich ihrer Gegenwart
Sich freuen, während ich im öden Rom
Mit Seufzen schwinden sah die trägen Stunden;
Er durfte lauschen, tauschen Wort um Wort,
Er durfte — ha! er hob vielleicht den Blick

4*

Zur Königin empor, — vielleicht? — Er that's!
Denn welches Herz bezwingt nicht ihre Nähe,
Erfüllt mit wilder Sehnsucht jede Aber,
Die Herrliche auf ewig zu besitzen.
O hehre Göttin Roms!
Die du mit deinem holden Knaben lenkst
Den Stern der Liebe über Land und Meer,
Dir weihe ich des frechen Vejers Blut!

(Er zieht das Schwert, tritt vor die Krieger und marschiert
rechts etwas tiefer als Brutus ab. Kriegsmarsch. Während
dieser ferner und ferner verhallt, steigt Herbonius rückwärts auf
die Höhe.)

Herbonius.

Auf diesen Hügel sandte mich Tarquin,
Den Gang der Schlacht durch Zeichen ihm zu künden.
Dort wartet er auf jenem hohen Turm
Und hier liegt vor dem Blick das freie Feld,
Dort wendet sich Mamilius zur Linken,
Ihm gegenüber Marcus! —
      In der Mitte
Zieht trotzig Rom zum Kriege wider Rom,
Zieht gegen Brutus, gegen Publius
Aruns zum Kampf. Auf weißem Pferde fliegt
Augusta dort durchs weite Blachfeld hin,
Ihr Pfeil holt wie ein Geier rasch im Flug
Sich eine Beute aus dem Römerheer.

Trompeten.

Sieh dort, wie auf die ehrnen Schilde prasselt
Der Speere Hagel, trifft und prallt zurück,
Ha Publius! Auf seinen Panzer rinnt
Vom Hals das Blut, die andern decken ihn.

Schlachtgeschrei.

Die Schwerter blitzen, Knie an Knie gestemmt,
So ringen sie, Aruns dringt wütend vor, —
Die unsern siegen — Schlagt die Zähne ein,
Wo im Gedräng zum Fechten nicht mehr Platz.

(Er winkt mit einem roten Tuche gegen die Stadt.)

Der Römer Vorderscharen sind zersprengt,
Voran gleißt allen Aruns Helm, er donnert
Mit lauter Stimme ins Gewühl der Schlacht,
Durchmessen ist der Raum zur zweiten Schar, —
Sie regt sich nicht, ein Schweigen grauenvoll
Das nur ein Todesseufzer unterbricht —
Die unsern wanken, wenden sich zur Flucht,
Noch einmal sammelt Aruns seine Krieger,
Den letzten Pfeil verschießt Augusta noch,
Die Römer rücken vor mit schwerem Schritt
Langsam, unwiderstehlich! — Aruns weicht
Und steht, und kämpft und weicht, — Mamilius!
Auf deinem Arm liegt die Entscheidung jetzt —
Des Marcus Speer trifft ihn, er fällt, springt auf
Und fort reißt ihn die Schar in toller Flucht.

(Er winkt mit dem schwarzen Tuche.)

Tarquin, Tarquin! verloren ist die Schlacht,
Siehst du das Zeichen hier? Wehklagen hallt
Schon aus der Stadt, in ihre Thore drängt
Ratlos und flüchtig unsres Heeres Troß.

(Ab. Mamilius, Atellius.)

Atellius.

Er warf dich um, was liefst du denn davon?

Mamilius.

Die Rettung dank' ich dir, drum spotte nur!

Atellius.

Ich habe keinen Ehrenkranz verdient.

Mamilius.

Es zeigt dein Stolz, daß du mit Aruns kamst.

Atellius.

In jenen Legionen, welche heut
Die Vejer schlugen, dient' ich unter ihm.

Mamilius.

Hast du verschnauft? Hier ist's nicht sicher mehr.

Atellius.

So laß uns fliehen, wo kein Fechten hilft.

(Alle ab. Fliehende Vejenter, dann Aruns.)

Aruns.

Ihr Memmen steht! dort ist der Feind! Zurück!

Vejer.

Fort aus dem Wege!

Vejer.

Sie sind hinter uns!
(Stoßen Aruns beiseite.)

Aruns.

Sie schauen gar nicht um, als wären sie
Verfolgt vom eignen Schatten. O ich Thor!
Verloren Zeit, Geduld und gute Worte:
Wie sollte dies Gesindel Rom bezwingen?
Dort naht der Konsul, tausende mit ihm
Vom Siege stolz und ich — ich bin allein?
Zwar hat er nur Ein Leben zu verlieren,
Wie ich nur Eines, darin sind wir gleich.
Mit rascher Hand, — es könnte ja gelingen! —
Ihn an des Heeres Spitze zu erschlagen,
Vernichtend, selbst vernichtet! — Doch es ist
Sein Leib nicht Rom; Rom schlag' ich nicht mit ihm. —
Zurück mein Schwert; — ist doch die Rache nah
Die dir, o Brutus, auf dem stolzen Antlitz
In Schmerz verzerrt das Lächeln. — Hörst du
nicht —
Das Wehgeheul, das jetzt aus Veji schallt,
Ist Nachtigallensang dagegen nur,
Wie's bald die Gassen Roms erfüllen soll.
Wenn sich die Sohle hier mit Blut dir netzt,

So magst du dort bis an den Knöchel waten.
Du sollst es seh'n, sollst leben darum nur
Es zu beweinen, bis dein Auge bricht,
Nun lebe wohl, auf Wiederseh'n, mein Brutus,
Auf Wiederseh'n, wenn ohne Handschlag auch. (Ab.)

Brutus. Marcus. Publius. Krieger.

Brutus.

Ist's Aruns nicht?

Publius.

Er weicht nun Schritt für Schritt.
Er wendet sich und hängt den Schild, als gält' es
Zu rasten nur, nachlässig auf den Rücken.
Ich traf ihn kurz zuvor im Kampf; wir hatten
Die Lanzen kaum geschleudert, warf sich flüchtig
Der Troß der Vejer zwischen uns und riß
Ihn im Gedränge eilig mit sich fort.
Ich folg' ihm jetzt!

Marcus.

Du bist verwundet schon.

Publius.

Ein Weib hat mir gesandt die Taubenfeder,
Weil ich von Weibern nie was hören wollte.
Und hätt' ich nicht den Schild emporgezuckt,
So läg' ich auf dem Boden festgenagelt
Wie einst Achill von Paris schöner Hand.

(Wirft einen Pfeil auf den Boden.)

Marcus.

Was bleibt uns auf der Walstatt noch zu thun!

Brutus.

Begrabt die Leichen, wie sie da und dort
Von unsern Bürgern auf dem Felde liegen.
Nicht viele sind es zwar, die meisten traf
Aruns verruchte Hand. Den Vejern laßt
Die Straßen frei, zu holen ihre Toten.

Marcus.

Wo willst du die Gefangenen bewahren?

Brutus.

Führt sie nach Rom. (Zu Titus.) In Junos Tempel
flehn
Die Frauen um den Sieg. Bring' ihnen Botschaft,
Bring' deiner Mutter Botschaft, was geschehn.

(Titus ab.)

(Zu Marcus.)

Dich send' ich dem Senat. Ein Lorbeerkranz
Um deinen Helm mag schon von weitem künden,
Daß wir gesiegt. Lang harrte unser Volk
Auf jenen Wällen der Entscheidung schon,
Ruf' ihnen zu, daß sich von Mund zu Mund
Der Jubel schwingt, bis er im mächt'gen Chor
Aus Hütte und Palast zum Himmel rauscht.
Und wo die Trauer einen Helden ehrt,

Sagt ihnen, meine Freude gelte Rom,
Mit jedem Leide fühl' ich doppelt mit,
Weil Rom mit ihnen einen Sohn verlor.

(Alle ab.)

Zweite Scene.

Halle im Hause des Brutus. Vorn quer durch die Bühne eine
niedrige Terrasse. Freier Ausblick auf das Forum, das bis zum
Hintergrunde emporsteigt.

Sabina.

Roms edle Frauen sammeln festgeschmückt
Sich vor dem Junotempel; helle Lampen
In treuer Hand betreten wir die Stufen
Und mit dem Weihrauch steige das Gebet
Zum Himmel auf. — Wie dank' ich Brutus dir,
Daß du den Sohn entsandtest mit der Botschaft. —
O wär' auch Marcus hier! — Mein Augenpaar!
Doch darf die Mutter nicht die Kinder preisen
Und so die Götter reizen. Ehe noch
Der Feierzug verläßt die heiligen Hallen,
Fliegst du auf schnellem Roß zurück zum Heer,
Daß Brutus wisse, wie wir ihn geehrt!

(Aquilius tritt ein.)

Aquilius.

Laß Roß und Reiter doch ein wenig rasten,
Eh' du sie wieder fort vom Hause sprengst.

Sabina.

Du hier Aquilius?

Aquilius.

Darf ich es nicht?

Sabina.

Du solltest nicht!

Aquilius.

So hab' ich doch die Freude,
Nach Monaten dich wieder zu begrüßen,
Was miedest du die Stadt.

Sabina.

Ich mocht' in Rom nicht weilen,
Als Männer im Palast des Königs feig
Mit krummen Rücken der Gewalt sich beugten.

Aquilius.

Das Weib des Brutus schmähe nicht die List!

Sabina.

Laß uns nicht hadern mehr. Wie könnte wohl
Die Frau vom Land dem großen Redner stehn?
Drum sage kurz, was führt dich her zu uns,
Wo man getroffen sonst den Vetter kaum.

Aquilius.

Ich wollte Titus seh'n.

Sabina.

Der bleibt nicht hier.
Dann füg' dem Willkomm gleich den Abschied bei.

(Zu Titus.)

Du zögere länger nicht!

Titus.

Eh' du des Tempels Schwelle
Noch überschritten, bin ich schon im Lager.

Sabina.

Sei klug, mein Sohn! Ich säh den Marder lieber

(leise)

Auf meinem Hof, als diesen Menschen hier.
Nicht ohne Absicht blieb er hier zu Rom
Und bringt Verderben, wo er lauernd schleicht.
Wär' er bei Brutus doch! Sei klug, mein Sohn. (Ab.)

Aquilius.

Sei klug! ha ha! War's nicht ihr letztes Wort?
Das erste sei's, mit dem ich dich begrüße:
Sei klug, mein Sohn!

Titus.

Ich hätt' im Flug das Pferd
Gehemmt vor deiner Thüre, durch das Fenster
Dir zugerufen: Warum zögerst du?
Wir sind bereits aufs äußerste gebracht.

Aquilius.

Vielleicht Tarquin.

Titus.

Aruns beschwört und bittet —

Aquilius.

Er bittet uns.

Titus.

Entmutigt sind die Vejer,
Verlangen Frieden, da lies Wort für Wort!
Mehr zeigt der Brief, als jede Schildrung sagt;
Denn bis ein Aruns sich entschloß zu bitten:
„Er fleh' uns an!" wie vieles mußt' ihn da
Zuvor erschüttern.

Aquilius.

(Giebt den Brief zurück.) Also kommt er selbst!

Titus.

In jenem Tempel wartet er bereits.

Aquilius.

Gefährlich ist's für ihn.

Titus.

Für uns nicht minder.

Aquilius.

O hätt' er eine beßre Zeit gewählt!

Titus.

Zeit ist es stets, wenn nur der Wille da.

Aquilius.

Zu Thorenstreichen fehlt euch dieser nie!

Titus.

Soll alles wie ein Possenspiel verlaufen?

Aquilius.

Ein Possenspiel! — wenn ihr Verschwörung spielt,
Geheimnisvolle Mienen macht, um jedem,
Der euch begegnet, wichtig zu erscheinen;
Wenn ihr in dunklen Kammern euch versammelt,
Dort Unsinn brütet; an die Kleider euch,
Weil ja ein Freund den andern sonst nicht kennt,
Verschiedne Zeichen heftet, wie ihr sie
Jüngst ausgeheckt: da wird's vielleicht zum Spiel,
Nur habt ihr eure Köpfe eingesetzt.

Titus.

O zaudre länger nicht!

Aquilius.

Ja es ist Zeit!
Denn außer Veji hob sich keine Stadt
Zu seinem Schutz, und Veji ist verloren!
Das weiß er selbst; er steht in unsrer Hand
Was wir bedingen, ist für ihn Gesetz.

Titus.

Bedingen? Wir!

Aquilius.

Nehmt zwar den König auf,
Nur dürft' ihr ihm nicht trauen; ist er uns
Doch längst bekannt! Wie könnt' sein stolzes Herz, —

Geläng' es auch den Argwohn fern zu halten, —
Ertragen, daß er uns zu Dank verpflichtet?
Schon unser Anblick wär ein Vorwurf ihm:
Wir würden ihn an seine Schwäche mahnen
Und — o sei überzeugt, das trägt er nur,
So lang er muß!

Titus.

Wohl wahr! was rätst du uns?

Aquilius.

Ein jeder fordre von Tarquin den Preis,
Der ihm genügt, dann öffnet erst die Thore!
Doch nehmt zuvor die Macht ihm, was er leicht
Versprochen euch, so leicht zu brechen auch).

Titus.

Er fügt sich nicht!

Aquilius.

Er muß!

Titus.

Doch unsre Freunde!
Kaum einer kümmert sich um solche Dinge.

Aquilius.

Seid unbesorgt! ich übernehme gern
Den Teil der Arbeit, der zu sehr euch drückt.
Nicht treibt mich so wie euch die Leidenschaft,
So war es nicht gemeint! Um Trinkgelage,
Um Mädchen, Titel, sei das euer Teil! —

Beginn' ich nichts, auch nicht aus bloßer Freundschaft:
Was geht Tarquin, was geht sein Haus mich an?
Muß ich gehorchen, ist es einerlei
Ob er, ob Brutus, ob der tolle Pöbel
Das Scepter trägt, genug! wir sind beherrscht!

Titus.

Vergiß nicht, — Aruns ist bereits in Rom.

Aquilius.

Deswegen bleibst du hier, was liegt daran,
Ob Brutus ihren langen Hymnus hört,
Mit dem sie Junos taubes Ohr versuchen.
Schon hab' ich die Genossen herbestellt.

Titus.

Auf diesen Platz?

Aquilius.

　　　Im Haus des ersten Konsuls
Sucht niemand die Verschwörer gegen Rom.

Titus.

Doch meine Mutter!

Aquilius.

　　　Konnt' ich es erraten,
Daß sie zu opfern heut vom Lande kommt?
Was liegt daran? — Wie's eben Frauenart,
Wird sie im Tempel fertig nicht sobald
Und bis zurück sie kehrt, sind wir leicht fertig.

Siehſt du den Widerſchein der Fackeln am Gewölbe?
Ein langer Zug! (Treten an das Fenſter.)
                    So lang als wie die Hymne,
Die jetzt beginnt zum tauben Ohr der Göttin.
(Von der Straße tönen die Strophen eines Chores.)

                 Davus (tritt ein).
Hier iſt die Schale! Füll' ich ſie mit Weihrauch
Wie ſie befahl? — ſo ſpät noch ein Beſuch!
Wer mag es ſein, zu ſtehlen giebt's hier nichts.
Doch warten wir.

             Ahala und der Augur.

                 Augur.
          Sind wir die erſten hier?

                 Ahala.
                    So ſcheint es faſt.

                 Augur.
Nicht gut gewählt iſt dieſer Ort.

                 Ahala.
                            Warum?
                 Augur.
Noch tönt mir die Verwünſchung in das Ohr,
Die hier erſchallte. Dort ſtand Brutus ſtumm
Den Blick geſenkt: „Fluch den Tarquiniern!"
So gellt' es laut im Wiederhall der Wände,
„Und dreifach größer ſei der Fluch auf jene,
Die ihnen Hilfe bieten!" — Alles ſchwieg;
Er hob den Blick und murmelte: „Es ſei!"

Ahala.

Leg' doch die Maske ab! — Wie lächerlich,
Glaubt der Prophet die eigne Prophezeiung!
Ist's so, was kehrst du nicht sogleich zurück?

Augur.

Nein! — Unsre Götter wollen einen König.

Ahala.

Was hat er dir für diesen Spruch zu zahlen?
(Aquilius tritt vor.)

Aquilius.

Die andern kommen noch?

Ahala.
                    Du hörst sie schon!
(Marullus, Cominius trunken und lärmend.)

Marullus.

So macht doch Licht, heda! was treibt ihr denn?
Ich. hab' ein Dutzend Beulen schon am Kopf!

Ahala.

Ich wollt', ein Dutzend Blasen auf der Zunge.

Marullus.

Bist du schon da? du jagtest uns vom Mahle.

Ahala.

Noch war es Zeit, eh' du dich ganz betrunken.

Marullus (zu Aquilius).

Weil du die alten Tage wiederbringst,
Das heißt: den Wein zu Ehren, möcht' ich gerne
Dich schmücken mit dem Epheukranz!
Ich hab' nur diesen. — Auf die Büste dort
Des Bachus drück' ich ihn. Evan Evoe!

Aquilius.

Der ekle Schlemmer! Doch an seinem Tisch
Könnt' mancher schwatzen, den er eingeladen,
Jetzt bindet schon die Mitschuld ihm die Zunge.

(Marcus tritt in den Hintergrund.)

Ahala.

Sprich nun, Aquilius!

Aquilius.

Noch einer fehlt.

Ahala.

Ich zählte sie, du irrst!

(Aruns, ihm folgen andre.)

Aquilius.

Begrüßt ihn hier!

(Alle drängen sich um Aruns.)

Augur.

Zuerst der Götter Segen auf dein Haupt.

Aruns.
Ihr nehmt uns auf?

Servil.
O bliebst du schon bei uns!

Aquilius.
Wo ist dein Vater?

Aruns.
Bei den Vejern noch.
Er hofft mit mir, daß eure Liebe stark
Nicht im Versprechen nur, — in Thaten sei.
Schon morgen um den Schlag der Mitternacht
Tritt er ans Thor, wo Brutus uns verhöhnte
Und harrt, daß seine Flügel sich so weit
Dann öffnen, als sie eng sich uns verschlossen.
Zum ersten Zeichen lodern dort am Hügel
Drei Feuer auf, dann klopf' ich dreimal an.

Aquilius.
Du findest uns bereit.

Aruns.
Wie lohnen wir
Dann euren Dienst? — Nicht eitle Worte giebt
Mein königlicher Vater; reich und groß
Sei auch der Dank und würdig eurer Liebe.
Was wünscht sich der Augur?

Augur.
Bedenk', was fehlt!

Aruns.

Die Antwort ist zwar dunkel, doch zu deuten.
Wenn ich nicht irre, so verlangt der Konsul:
Ihr sollt umsonst im Haus der Götter dienen,
Wie sie umsonst uns ihre Huld verleihn.

Augur.

Er weiß es nicht, daß keine Erbengabe
Des Himmels Gnade je an Wert erreicht.

Aruns.

Tarquin ehrt deine Würde; herrenlos
Wird manches Gut; das hat nun den Besitzer.

Ahala.

Wer zahlt die Schulden mir.

Aruns.

Lucrez hat Geld.

Ahala.

So giebt es Erben ohne Testament.

Marullus.

Mir brauchst du nichts zu spenden; eines nur
Verlange ich: Schaff' die Censoren ab!
Ist's nicht zu ärgern, wenn ein solcher Kerl,
Aus dessen Munde Gall' und Essig trieft,
Uns meistern darf, uns hier, den Adel Roms:
Ob nicht ein Kleid zu fein, ob nüchtern wir,
Ob wir den Göttern opfern, ob wir nicht

Mit Würfeln spielen? Und der Frevel erst,
Wenn einer nachts zu seinem Dirnchen schleicht!
Nicht wahr, Cominius?

Aruns.

So ernenn' ich euch
Für immer zu des Censors strengem Amt.

Marullus.

Dann peitschen wir die Langeweile aus,
Die Brutus eingeführt; aus jedem Brunnen
Soll Wein nur fließen. —

Cominius.

Und zur Strafe kommt
Das Mädchen nur, das einen Kuß versagt.

Aruns.

Wie dank' ich dir, Aquilius mein treuer?

Aquilius.

Ich fordre keinen Dank, nur eins versprecht:
Daß ihr zu Rom nichts ohne uns beginnt.

Aruns.

Vernahm ich recht? dann wärt ihr Könige!

Aquilius.

Das zweite noch; kein fremder Söldner darf —

Aruns.

Das erste? — sei's! — das zweite forbre nie.

Aquilius.

Das erste gilt nur, wenn das zweite gilt.

Aruns.

Laß uns erst ein, dann magst du alles hoffen.

Aquilius.

Nicht einen Schritt, eh beides zugesagt.

Aruns.

Das werd' ich nie!

Aquilius.

Behalt dein Nie, wir geh'n!

Aruns (zu Marcus).

Das dulden wir von diesem feilen Schwätzer?

Marcus.

Macht euren Handel selbst. — O bittre Schmach,
Daß mich der Zufall treibt den gleichen Weg
Mit euch, die um die Republik gemäkelt
Wie schlechte Buben um des Vaters Gut,
Der kaum den letzten Atemzug gethan.

(Marcus ab in das Haus.)

Aruns.

Ihr alle schweigt? Wofür beruft ihr uns,
Wenn ihr die Sklaven dieses Mannes seid?

Cominius.

Soll er allein zerstören unsre Hoffnung?

Ahala.

Aruns du kommst, wir öffnen dir die Thore.

Aquilius.

Was, ohne mich?

Ahala.

Nach dir fragt niemand mehr.

Aruns.

Elender du! mir wagst du es zu trotzen?

Aquilius.

Wir sind noch nicht zu Ende. (Geht rasch ans Fenster.)

Aruns.

Du schon jetzt!

(Er zieht das Schwert und will auf Aquilius eindringen, der
Augur, Titus und andere werfen sich dazwischen.)

Augur.

Ich trete zu Aquilius!

Aquilius (zu Aruns.)

Zurück!

Willst du nicht dich und diese hier verderben.
Schaut in den Hof; seht ihr die Lanzen blitzen,
Gerüstet stehen meine Sklaven dort.
Das Zeichen gilt!

(Er stampft mit dem Fuße. Auf beiden Treppen steigen Bewaffnete empor und stellen sich an seine Seite, unter ihnen
Davus.

Davus.

Befiehl, wir greifen sie.

Aquilius.

Ihr starrt auf mich? Ich hab' vorausgewußt,
Mit wem ich mich verband; drum war ich auch
Gefaßt auf dieses. Aruns! wär' es nun
Mein Plan gewesen, dich zu locken nur
In meine Hand? — Du bist Roms stärkster Feind
Gefährlicher, verderblicher als alle.
Wenn ich dich überlief're, wird die Stadt
Mit stolzerem Triumphe mich empfangen
Als Brutus selbst, der nur die Vejer schlug.
Und ihr! gar klein im Herzen wie im Rate,
Denkt ihr daran, wie einmal Herkules
Sich Ruhm erwarb, als er Augias Stall
Gesäubert? — Ihr, der Abhub dieser Stadt!
Wollt' ich euch fassen, würd' ich nicht dadurch
Erwerben mir den größten Dank von Rom?
Gefällt es euch? — Warum seid ihr so blaß?
Juckt euch der Rücken schon von Geiselhieben?
Greift an den Hals! noch sitzt der Kopf darauf,
Doch ist dafür das Beil bereits geschliffen.
Versucht's, entrinnt, habt ihr noch einen Ausweg,
Der aus dem Banne meiner Macht euch führt?
Nur einen giebt's: Thut, was ich will!
Wer ist nun König? — Ich! Aquilius!

Aruns.

Wir weichen der Notwendigkeit, nicht dir!

Aquilius.

Wie du es nennst, das ist gleichgültig mir,
Wenn's nur geschieht, wie ich es vorbedacht.
Die Stunde flieht, so kommt denn morgen nachts,
Wir öffnen euch das Thor. — (Zu den andern.)
                                        Bewaffnet zieht
Ihr durch die Gassen und verscheucht die Bürger,
Die aus den Häusern sich neugierig wagen.
Dann führen wir euch in der Väter Burg,
Des Morgens rufen Herolde das Volk
Zum Forum hin, kein Finger wird sich regen;
Ich kenne sie, geschehen ist gescheh'n.
Und was kein Gott vermag, kann Brutus nicht.
Führt aus, was ich befahl; jetzt fort von hier,
Damit das Morgenrot uns nicht verrate.

(Alle zerstreuen sich nach den verschiedenen Richtungen.)
Davus tritt vor: Er lauscht nach allen Seiten; dann rasch ab.
Der Vorhang fällt.

Vierter Akt.

Erste Scene.

Römerlager vor Veji. Brutus, Publius. Später der Veteran
und ein Soldat. Dann Davus.

Brutus.

Nicht lange mehr hält Veji sich, es wankt
Die Mauer da und dort schon bis zum Grund.

Publius.

Wenn nur Tarquin nicht aus der Stadt entrinnt!

Brutus.

Zwar möcht' ich nachsichtsvoll ihm ein Asyl
Vergönnen, daß er dort sein graues Haupt
In Frieden berge. Was er auch verbrochen,
Zwei bittre Rächer nimmt er ja mit sich:
Das Alter als Genossen seiner Flucht

Und die Erinnrung an vergangne Größe.
Doch keinen Frieden giebt es mit Tarquin;
Er rastet nicht. Gleich einer schlimmen Pest
Fraß sich die Herrschsucht ein in seinem Herzen
Und treibt ihn wahnsinnstoll zu jedem Frevel,
Bis mit dem Leben selbst erlischt die Krankheit.

Publius.

Wie glücklich bist du, kehren wir nach Rom,
Wenn im Triumphe dich die Stadt begrüßt
Und deinen Wagen rings im Feierkleide
Das Volk umströmt, ein jedes Auge sich
Nach deinem wendet, Jubel tausendstimmig
Dich Retter nennt, wenn du mit deinen Söhnen
Am Kapitole froh den Göttern dankest
Für den errungnen Sieg, wie dir das Volk.

Brutus.

Vor meiner Seele glänzt ein andres Bild
Als Waffenruhm, der nur zu bald verstummt.
Die Stadt hat den Gehorsam aufgesagt,
Der an den Thron des Königs sie gefesselt,
Jetzt schwankt der Staat, die Ehrsucht regt sich
                                        trotzig.
Was Recht, was Unrecht? fragt die Menge
                                        zagend;
Unsicher wogt die Meinung, bis der Grund

Gefestet sich, und diesen möcht' ich legen.
Auf neuem Boden gilt es neu zu schaffen
Das neue Rom! — daß sie mir Licht und Mut
Verleihen, ruf' ich täglich an die Götter,
Denn sie nur geben dem Gesetz die Weihe,
Vor dem der Bürger, tritt es ihm entgegen
Auf ehrnen Tafeln, staunend ruft: „So ist's!
So hab' ich es gefühlt, ja das ist Recht!"

Publius.

Du warst in Griechenland, du lerntest dort
Von seinen Weisen: Solon und Lykurg.

Brutus.

Nicht Griechenland, Tarquin hat mich belehrt.
Als er den Thron erstieg auf blutigen Stufen,
Rief ich die Edelsten zur That. Vergebens!
Der eine schaute zögernd auf den andern,
War doch verletzt noch keiner! Ja sie höhnten
Als überklugen Thoren mich. Da schwieg
Ich traurig still. Doch schwand die Hoffnung nicht,
Den König kannt' ich ja, daß keine Schranke
Ihm heilig sei! Er lud das Joch der Schmach
Auf ihren Nacken und mit wildem Hohn
Erhob die Geisel Aruns wider sie.
Sie zitterten, sie knirschten, endlich schwoll
Des Zornes Strom am Bett Lukretias
Und fegte beide fort mit ihrem Troß.

Publius.

Vollende, was mit Weisheit du begonnen,
Wir wollen es beschützen mit dem Schwert.
Stets eingedenk der hohen Prophezeiung,
Als bei dem Bau des Kapitols ein Kopf
Gefunden wurde an des Grundsteins Stelle.
Da trat hervor die greise Seherin,
Die ferne sonst in Cumäs Grotte wohnt
Und rief mit lauter Stimme zum Erbeben:
„Ihr alle hört, der Grund des Kapitoles
Ist eingeweiht mit Blut!" Dann warf sie auf
Den Stein noch einen frischen Lorbeerzweig,
Wo jetzt der Altar steht des höchsten Gottes.

Brutus.

Beherrscht sich Rom, beherrscht es auch die Welt.

(Tullus tritt mit Macro vor Brutus, mehrere folgen.)

Tullus.

Nach deinem Wort o Konsul nahen wir:
Daß, wer im Kampfe sich hervorgethan,
Aus deinem Mund den Dank dafür vernehme!
Sieh diesen hier! du weißt es, vor dem Walle
Lärmt oft der Feind und fordert uns heraus.
Da sprang der Jüngling von der Schanze Rand;
Dem Blitze gleich, der aus der Wolke fährt,
Verjagte er allein den Schwarm der Vejer,
Ja drang sogar ins offne Thor, wo er
Den letzten noch erschlug.

Brutus.

Führt ihn zum Tode!

Tullus.

Zum Tode? — ihn!

Brutus.

Wie lautet das Verbot?

Tullus.

Kein Krieger darf im Feld den Kampf beginnen,
Wenn nicht der Konsul den Befehl erteilt.

Brutus.

So hast du ihm das Urteil selbst gesprochen;
Denn Schuld bleibt Schuld; zur Heldenthat macht sie
Nicht der Erfolg. Ist die Verwegenheit
Des Bürgers höchste Tugend, sag', worin
Von einem Aruns er sich unterscheide,
Der selbst dem Löwen nicht zu weichen braucht?

(Tullus mit Macro schweigend ab.)

Die Zukunft erntet einst die reifen Früchte
Von dieser herben Strenge. Mögen grausam
Uns spät're Tage nennen, wenn die Milde
Entsproßt dem langen Frieden; jetzt geziemt
Nur die Gerechtigkeit, wo wir der Stadt
Errungen kaum die Freiheit. Niemals sollen
Zu unsern Richtern unsre Thaten werden.

(Davus tritt rasch auf.)

Davus.

Auf, Brutus auf! willst bu Roms Thore nicht
Verschlossen finden, auf! es kehrt Tarquin
Mit Aruns heimlich in sein Adlernest.

Brutus.

Wer sagt bir das?

Davus.

Ich hört' es.

Brutus.

Wo?

Davus.

Zu Rom!

Ich lief hierher. Dort neigt die Sonne schon
Dem Westen zu; es ist die letzte Nacht; —
Was zögert ihr? Ich hab's gehört, gesehen;
Verbündet sind die Edelsten von Rom,
Sie lassen heut den König ein. Drei Schläge
Ans Thor verkünden seine Gegenwart.

Brutus.

Hast bu Beweis?

Davus.

Ich hab's gehört, geseh'n,
Wie jeder kam und ging.

Brutus.

So nenn' sie uns!

Davus.

Zuerst Ahala und der Augur dann!

Brutus.

Wie? dieſer! ſo entehrt er ſeine Würde?
Doch ſei's darum; hab' ich doch ſtets gewußt,
Daß nur der Vorteil ihn zu handeln treibt.
Nun hat ihn doch der helle Blick getäuſcht,
Mit dem er, alles ſein verbindend, ſonſt
Faſt in die Zukunft ſchaute.

Davus.

Andre dann:
Cominius, Marullus, Aruns ſelbſt, —
Mit dieſen Augen hab' ich ihn erkannt!

Publius.

Er blieb in Rom?

Davus.

Nein als Aquilius —

Publius.

Aquilius!

Brutus.

Er iſt mir nah verwandt!

Davus.

Das Blut ſchützt nicht vor Schmach!

Brutus.

Ich werde richten,
Wo der Verrat die Edelſten befleckt.

Publius.

Aquilius! stets war er tief versteckt!

Brutus.

Ich ahnte nicht den Feind an meiner Seite!

Davus.

Auch Titus kam.

Publius.

Auch Titus!

Brutus.

Hätt' er doch
Das Schwert auf diese Brust gezückt, dann dürfte
Dem Reuigen der Vater noch verzeih'n.

Davus.

Dein Schmerz verbeut —

Brutus.

Genug, die andern noch!

Davus.

Die andern? Marcus selbst —

Publius.

Laß mir das Schwert!
Die Zunge reiß' ich aus dem Schlunde dir,
Daß in dem eig'nen Blut erstickt die Lüge.

(Packt Davus heftig an.)

Davus.

Bin ich denn Schuld? Er freit die Königstochter.

(Brutus verhüllt stumm sein Antlitz.)

Publius.

Die Königstochter! läg' er tot im Feld!

Davus.

Ein alter Glaube herrscht in meiner Heimat:
Daß jener, den des Schicksals Macht erhob,
Sein innig Liebstes bringen muß als Opfer.
Dadurch sei er den wandellosen Göttern
Der Unterwelt geweiht und wandellos
Verleihen sie das Glück auf dieses Pfand.

Brutus.

Entlaß den Sklaven!

Publius.

     Wenn er von Tarquin
Bestellt nun käme, wenn aus eig'ner Rachsucht?
Er muß gesteh'n, wär's auf der Folter auch!

Davus.

Unedel macht so schwache Hoffnung euch?

Publius.

Und dich der Lohn zum Schelm! ergreifet ihn!

Davus.

Ihr nennt mich Sklaven! Hätte wohl Tarquin
Der stolze einem Sklaven sich vertraut?
Gekommen wär' er selbst, zu weiden sich
An eurem Schmerz; — denkt nicht so klein von ihm,

6*

Verbannt sogar zeigt er sich größer noch
Als du und der dort!

(Brutus erhebt sich.)

Brutus.

Davus, du bist frei!
Als Römerbürger, als Vindicius
Trittst du in meines Heeres Reihen ein!

(Davus tritt zurück.)

Brutus.

Noch lebt dein alter Vater Publius?

Publius.

Ein armer blinder Greis; ich nähre ihn
Vom Teil der Beute, den das Kriegsgesetz
Im Feld mir zuerkannt.

Brutus.

Da nährst du ihn
Mit deinem Blut.

Publius.

So könnte man es deuten,
Weil manche Wunde ich dafür erhielt.

Brutus.

Ich hatte Söhne!

Publius.

Die hast du ja noch!

Brutus.

Die Nacht ist kalt!

Publius.

Die Nacht? Es dämmert erst,
Du redest irr! —

(Tullus.)

Tullus.

Aus Vejis Thor zog eben
Von Reitern eine Schar, — ihr seht sie noch —
Jetzt schwinden sie im Duft des Abendrotes —
Sie wandten sich gebuckt dem Hohlweg zu —
Dort gegen West!

Publius.

Nach Rom!

Brutus.

Tarquin, Tarquin!

Publius.

Mit meinen Reitern hol' ich bald sie ein.

Brutus.

Ich selber geh' nach Rom und werde dort
Die Hochzeitsfackel meinem Sohne tragen!

Publius.

Er hüllt in düstres Schweigen sich und doch —
Von dem Entschlusse, den er grimmig rollt
Tief in der Seele, zeugt die bleiche Stirn.

Des Auges Blitz wie Glut am fernen Himmel
Bei dunkler Nacht, wie eine Stadt verbrennt.

(Ab mit Davus und Kriegern.)

Zweite Scene.

Tiefe Nacht. Rom. Straße mit einem Pfeiler in der Mitte.
Aussicht auf das Thor. Die Verschwornen; dann Brutus mit
den Legionen.

Marullus.

Am Himmel stehen andre Sterne schon,
Die Mitternacht kann nicht mehr ferne sein.
Bereit ist alles, Mühe hat's gekostet
Geschirr und Krüge hin und her zu schleppen,
Zu winden Kränze für das Trinkgelage,
Die Musikanten schicklich zu verbergen;
Doch jetzt wär's Zeit! Heda, Aquilius!

(Aquilius tritt aus einem Hause.)

Aquilius.

Du weckst die ganze Stadt!

Marullus.

Sie haben Zeit,

Genug zu schlafen, wenn Tarquin regiert
Und du ihm hilfst.

(Ahala tritt auf.)

Aquilius.

Ahala? du allein!

Ahala.

Ich habe einen Knaben nur im Dienst.

Marullus.

Jag' in den Harnisch deine Gläubiger
Und auf den Platz bringst du ein ganzes Heer.

Aquilius.

Der Augur fehlt!

Marullus.

Ich sah ihn kurz zuvor.
Er schaut zum Himmel auf; schnuppt sich ein Stern,
So murmelt er, als wär' es ihm nicht recht.

Aquilius.

Wo hast du deine Leute?

Marullus.

In der Küche.
Wo anders sonst? Das ist ihr rechter Platz!
Ich habe Köche, Kellner, Musikanten
In seltner Wahl; heut' sollst du sie erproben.
Denn öffnest du dem Könige das Thor,
So hab' ich festlich den Empfang bereitet.
Siehst du, wie hell es durch die Ritzen schimmert?
Die Säle sind beleuchtet und geschmückt,
Dort warten meine Diener auf die Gäste.

(Der Augur kommt.)

Augur.

Die Stunde naht!

Ahala.

Das sagt uns jede Sanduhr.

Aquilius.

Hast du bewaffnet deine Diener?

Augur.

Nein!

Das Opfermesser, nicht das Schwert zu führen,
Ist ihre Hand gewohnt. Auf morgen schon —

Aquilius.

Heut gilt's!

Augur.

Sind sie bestellt von mir.

Aquilius.

Wozu?

Augur.

Ein festlich Opfer —

Aquilius.

O das brauchen wir!

Ahala.

Hast du's gehört?

Marullus.

Ein Becher fiel vom Tisch.

Ahala.

Es klang als wie ein Schild das Pflaster trifft.

Aquilius.

Was, wo?

Ahala.

Dort in der Eintracht Tempel.

Augur.

Seht!
Ein gutes Zeichen, weil wir einig sind,
Giebt uns die Göttin.

(Titus bewaffnet mit andern.)

Titus.

Ruhig ist die Stadt,
Wie du befohlen, alles angeordnet,
Ich machte rings die Runde noch.

Aquilius.

Hab' Dank!
Aus meiner Seele schwindet nun die Sorge;
Gesichert sind wir; komme, was da will.
Du geh' ans Thor, ihr haltet euch noch stille!
Die Stunde naht, sie naht und Rom ist mein.

(Ahala geht zum Thore; die andern treten in das Haus nebenan.
Bald darauf kommt Marcus.)

Marcus.

Der Platz noch leer; so hat zu früh die Sehnsucht
Mich hergeführt! Schwer liegt die Nacht auf Rom
Und trüber Schlaf hüllt alles ein. Mir ist
Als sollte jede Seele den Verrat,

Wie er jetzt durch die Gassen schreitet, ahnen,
Doch alles schweigt. —

   Ihr Himmelslichter oben,
An die der Mensch so gerne sein Verhängnis
Mit eitlem Stolze knüpft, zum letztenmale
Strahlt ihr herab auf dieses freie Rom.
Und warum frei? — Bin ich's, sind's andere?
Geschehen soll, was doch geschehen muß!

(Ahala vom Thore her, laut rufend.)

Ahala.

Sie kommen, hellauf loht die Fackel schon!

(Die andern stürzen haftig aus dem Hause. Bewaffnete Diener
mit Fackeln.)

Aquilius.

Hier Fackeln her!

Marullus.

   Fort Sklaven! macht
Die Läden an den Fenstern auf, daß hell
In alle Weiten schimmere das Licht!
Beginnt die Symphonie, bringt Kränze her;
Sei Aruns dieses heute dein Empfang.

(Die Häuser plötzlich erleuchtet.)

Aquilius.

Die Republik ist tot; noch ist es Zeit,
Werft diese Säule um; es soll Tarquin
Einziehen über ihren Schutt.

Cominius.

Der Konsul
Ließ heut erhöhen sie.

Marullus.

Es soll ihr Schaft
So viel sein als ein Buch.

Ahala.

In ehrnen Lettern
Trägt sie des Staats Gesetze ausgeprägt.

Cominius.

Des Staats? deswegen drängte früh bis spät
Ein dichter Schwarm gemeinen Volks herum!

Aquilius.

Stürzt sie, wie wir die Republik gestürzt.

Cominius.

Ihr brecht sie nicht.

Ahala.

Gieß Wein darauf, Marullus!
Dann schwankt sie bald.

Marullus.

Sie weicht den Hebeln nur.

Aquilius.

Hört ihr den Taktschritt von Tarquins Begleitern?

(Drei Schläge an das Thor.)

Ahala.

Sie sind's, sie sind's!

Cominius.

O laß dich küssen, Freund!

Augur.

Die Götter mögen ihren Eintritt segnen.

Cominius.

Im prächtigsten Geschmeid?

Titus.

So lieb' ich es.

Ein süß Gefühl der Rache, wenn ich morgen
Vors Volk mit diesen Waffen wieder trete.

Ahala.

Jetzt ist's vorbei!

Marullus.

Nein, nein! Jetzt geht's erst an!

Aquilius.

Ich bin am Ziel.

Servil.

Hoch, dreimal hoch Tarquin!

(Das Thor fliegt auf. Brutus und die Legionen. Die Symphonie
geht in den römischen Kriegsmarsch über.)

Brutus.

Fesselt sie!

(Von allen Seiten Krieger. Während die Verschwornen ergriffen
werden, fällt der Vorhang.)

Fünfter Akt.

Erste Scene.

Halle im Hause des Brutus. Vorn quer durch die Büne eine
niedrige Terrasse; sie ist vom Hintergrunde durch ein Geländer
getrennt und durch einen Vorhang abgeschlossen.

Brutus.

Wie Meeresrauschen dröhnt des Volkes Tosen
Vom Marsfeld her; dort steht der Richterstuhl
Und jedes Auge sucht den Richter schon
Und harrt des Spruches, der aufs neue Rom
Vor Göttern und vor Menschen gründen soll.
Nicht zögern darf ich; wie ein matter Puls
Verrann im Stundenglas der letzte Sand.
(Senatoren treten ein.)

Senator I.

Wir danken dir, daß du nicht kamst zu richten.

Senator II.

Wir danken dir, daß Gnade du geschenkt.

Senator I.

Schilt der und jener sie Verräter auch,
So laß sie schelten, liegt in deiner Hand
Doch alle Macht!

Senator II.

Das Volk harrt auf den Herold,
Der mit dem Ölzweig die Verzeihung bringt.

Brutus.

Kannst du es denken, Freund: es wird ein Frevler
Vor dich geschleppt. Sei er auch schlecht, er reicht
An unf'rer Söhne Schuld so wenig als
Das tiefste Meer dort zum Soraktegipfel.
Du sollst ihn richten; sprich das Urteil aus:
Errötend mußt du ihm zu Füßen fallen,
Ihn um Verzeihung bitten, daß der Liktor
Zu binden ihn gewagt. Und hat der Tod
Von deinem Richterstuhle dich gestoßen,
Soll ihn besteigen solch ein Sohn? nein, nie!
Das wollt ihr nie!

Senator I.

Wie schnell vergißt das Volk
Den Frevel, der im Vorsatz schon erstickte!

Brutus.

Doch wie sich Glied an Glied zur Kette schlingt,
Die uns zum Abgrund durch die Schwere reißt,
So wirkt auch unser Spruch und bindet Rom.

Senator II.

Was nützt die Welt uns, mordest du die Söhne,
Für welche wir zum Erbe sie erringen.

Brutus.

Laßt uns zum Forum geh'n!
(Die Senatoren ab.)
(Zu einem Diener)   Ruf' die Liktoren.
(Sabina tritt ein.)

Sabina.

Die Senatoren schritten stumm hinaus
Und als ich fragte, sah mich einer an
So mitleidsvoll und traurig, daß die Angst
Des Todes bang erfüllte meine Brust. —
Du schweigst, o Brutus! Meine Söhne, — bleib'!
Ich fordre sie von dir.

Brutus.

Nein, von den Göttern Roms.

Sabina.

Weil ich so oft als Opfer sie geschmückt.
Für ihre Schlachten? — Kämen sie zurück
Tot auf dem Schild, ich säh' es trocknen Auges,
Wie ich sie trocknen Auges oft entsandt.
Und ihnen selbst den Speer gereicht zum Kampf. —
Durch Henkers Hand! Mein Innerstes empört
Sich schauernd gegen dich.

Brutus.

Und gegen Rom!

Sabina.

Rom selber widerspricht dir, hört es stumm,
Gelähmt vom Grau'n, des Vaters schrecklich Urteil,
Der seine Söhne zum Schafott verdammt.
Du blickst hinaus ins Weite thränenlos,
Kalt deine Hand, — o damals war dein Auge
So finster nicht, als du zum Herd mich führtest
Und einer glanzerhellten Zukunft Bild
Mir vor die Seele zauberte dein Wort.
Du schweigst. — Ihr Götter, vor des Hauses Herd
Fleh' ich zu euch, wie ich für jede Freude,
Für meine Söhne euch gedankt auch hier!
Erweckt in seiner Brust Erinnerung
An jene Stunden, wo er dieses Haus
Als letzte Zuflucht pries in einer Stadt,
In der Gewalt und List das Volk bezwang;
Weckt die Erinnerung an jene Stunde,
Als du den ersten Sohn von meinem Arm
Mit frohem Blicke hobst, — kannst du ihn jetzt
Dem Beile weih'n?

Brutus.

Es trifft auch uns're Schuld.
Wir ließen sie in jene Königsburg,
Wo Stolz und Laster auf dem Throne prahlten,

Pichler, Die Tarquinier.   7

Als Gäste zu den Festgelagen zieh'n —
Mit offnem Auge blind! — dort schlürften sie
Das Gift aus jedem Becher, jedem Blick
Und daß wir uns vertraut in unsern Kindern,
Bringt uns und ihnen jetzt den Untergang.

Sabina.

Du kannst verzeih'n, du darfst! nicht sie allein
Befleckt die Schuld, Rom selber trug, — wie lang!
Des stolzen Ungeheuers hartes Joch,
Bis du die Schmach der Unterdrückung brachst.

Brutus.

Die Römer waren Brutus' Söhne nicht.

Sabina.

Sie frei zu sprechen, wag' ich selber nicht.
Nur bitten will ich, schenke Titus mir;
Kaum warf er noch des Knaben Spielzeug fort
Und soll jetzt sterben, eh' die volle Schwere
Der übereilten That er noch erwog.
O schenk' ihn mir!... doch halt, du tötest Marcus!
Weh' mir, mein eignes Wort verurteilt ihn,
Und doch ist er kaum schuldiger als Titus,
Den leichte Jugend blendete, wo ihm
Die Glut der Leidenschaft die Sinne band. —
Du darfst allein nicht richten! Hab' ich denn
Kein Recht als Mutter über meine Söhne?

Zählt nicht mein Wort beim Urteil auch? —

Hab' ich

Geboren sie mit Schmerz, soll ich sie jetzt
Verlieren noch mit Schmerz?

Brutus.

Duld' ich nicht auch?

Sabina.

O Brutus! Sieh zu deinen Füßen mich:
Für Blut nimm Thränen, nimm für ihren Tod
Der Mutter Todesqual.

Brutus.

Mein armes Weib!

Sabina.

Nennst du mich arm? — Jawohl, wir waren reich,
Als uns're Söhne unser Alter schmückten.
Wir waren reich! — jetzt bin ich arm, allein ...
Dir bleibt ja Rom, dies Rom, das bald vielleicht
Im Kampfe ihren Heldenarm vermißt
Und dir dann flucht, daß du sie hingeopfert,
Wenn an die Thore schlägt des Feindes Sturm.

Brutus.

Nicht heut verloren wir die Söhne erst;
Die Stunde, wo sie jene finstre That
Beschlossen, reißt sie fort vom Hausaltar,
Fort in das Grab.

(Die Liktoren treten auf.)

7*

Ich kehre bald zurück
Und dann laß trauern uns, daß Roms Geschick
An unserm Blute sich erfüllen mußte,
Laß beten uns, daß bald der Götter Schluß
Hinab uns sende zu des Lethe Strand.
(Ab mit den Liktoren.)

Sabina.

O Brutus, — Vater! — warum läßt du mich
Allein im tiefsten Leid? — Ihr Himmelsmächte
Ihr seid die letzte Zuflucht der Bedrängten,
Hemmt seinen Schritt, o hemmt das Richterbeil!
(Trompetenstoß hinter der Bühne.)
Vernimm dein Todesurteil, Mutterherz!
(Sie geht gegen den Hintergrund und sinkt auf die Knie.)
Ich kann nicht mehr, die Kniee sinken ein,
Die Arme nur vermag ich noch zu heben,
Gebet und Thränen send' ich durch die Wolken,
Erbarmet euch.

Volk.
Fluch den Verrätern, Fluch!
(Sabina steht auf.)

Sabina.

O undankbares Volk! Wie oft erhobt
Ihr beim Triumphe jauchzend sonst die Stimmen,
Wenn Marcus siegreich kehrte aus der Schlacht
Und ihr die Beute in die Häuser schlepptet,
Die er euch gab.

Volk.

Fluch den Verrätern, Fluch!

Publius.

Vor dein Gericht stell' ich die Frevler hier,
Wie du befohlen, Konsul. Ihre That
Bedarf nicht des Beweises. Keiner leugnet.
Sprich nach dem Recht ihr Urteil!

(Sabina ist an das Geländer getreten, der Vorhang weicht nach
beiden Seiten zurück und gestattet den Ausblick in den tiefen,
rückwärts allmählich sich erhöhenden Grund des Forums. Im
Vordergrund und zu beiden Seiten Volk. Im freien Mittel-
raume Brutus auf der sella curulis ... Zur Rechten Publius
und Krieger, zur Linken die Verschworenen vor einer Reihe von
Bewaffneten. Auf einer Bühne rückwärts von der Säule das
Schafott, der Liktor steht in ruhiger Haltung mit dem Beil daneben. Nach hinten bis zu den Mauern der Stadt und zwischen
den Zinnen Volk.)

Sabina.

Meine Söhne!

Brutus.

So vernehmt den Spruch,
Den das Gesetz auf ihre Häupter legt:
Dem Tod vervehmt ist jeder, der Tarquin
Und seinem Stamm zu öffnen strebt die Thore!
So lautet das Gesetz, das ihr beschloßt,
Als ihr dem Vaterlande Treue schwort.
Doch altes Recht, gebaut auf Vätersitte,

Verlangt zu hören die Beschuldigten.
Drum lade jeden vor den Richterstuhl.

Publius.

Ahala!

Ahala.

Nach dem Alphabet schulmäßig!
Fang an mit A, zum Z bringst du's wohl kaum!

Brutus.

Hast du nur Thorheit zur Verteidigung?

Ahala.

Ich? — wohl! — Ich schlage dir ein Schnippchen
                    heut!
Wir sind verurteilt, doch was liegt daran? —
Ein maulvoll Erde, dann ist es vorbei!
Im Grabe zwickt mich keine Gicht. Marullus,
Was siehst du bleich? diesmal hast du verspielt
Und deine Würfel waren stets gefälscht!
Laß sterben uns, so lustig wie wir lebten! —
Cominius, dich trifft's, du bist der Nächste,
Kalt ist des Beiles Kuß; du bist gewohnt
Zu pflücken ihn von frischer Mädchenlippe, —
Doch nein, Aquilius steht voran, lebt wohl!

(Steigt mit Marullus, Cominius und anderen auf das Schafott
und stellt sich hinter den Block.)

Publius.

Aquilius!

Aquilius.

An List und Hinterhalt
O Brutus übertrifft du mich, doch mehr
Hat noch das blinde Glück für dich gethan,
Der Zufall, den du nicht berechnen konntest.
Du hast gesiegt, mir widerfährt mein Recht,
Doch freue dich, du Sieger, wenn du kannst.

(Steigt auf das Schafott.)

Publius.

Der Augur.

Augur.

Wagt ihr mich zu richten wohl?
Den Göttern nur bin ich verantwortlich,
Die mich zu ihrem Priester einst erkoren.

Brutus.

Eh Priester noch, warst Bürger du von Rom.

Augur.

Weit über niedres Erdenrecht hebt mich
Mein heilig Amt empor zu ihrem Thron!
Wer darf berühren mich? — Weh' ihm!
Weh über Rom, weh dreimal über Rom,
Weh über ungeborene Geschlechter
Und ihre Mütter, wenn ihr euch vergreift
An einem Haare meines Hauptes nur.
Nicht ihr habt hier zu richten über mich,
Der Priester richtet über diese Welt!

Brutus.

So send' ich dich zur Unterwelt, dort sitzt
Ein Gott auf eh'rnem Richterstuhl; verdamm' er,
Zu Tantals Flammenthal auf ewig dich!

Publius.

Marcus.

(Pause, das Volk murmelt, Sabina beugt sich angstvoll über die
Brüstung.)

Brutus.

O Sabina!

(Er lehnt sich verstummend in den Stuhl zurück.)

Marcus.

        Ich selber trete vor
Und bitte um das Todesurteil dich. —
Ich will es selbst! — Was weinst du, teurer Vater?
Laß uns versöhnen Rom vor diesem Altar
Und durch das Opfer tilgen unsre Schuld.

(Brutus steigt von der sella curulis nieder und umarmt ihn
und Titus.)

Brutus.

Mit diesem Abschiedskusse weih' ich dich
Und deinen Bruder einem heiligen Tod.
Habt ihr gefrevelt, euer eigener Wille
Macht euch jetzt rein und für das Vaterland . . .
Ihr beide sterbt jetzt für das Vaterland!

(Marcus die Arme gegen Sabina hebend.)

Marcus.

Leb' wohl, o Mutter, und verzeih' uns noch,
Was wir gesündiget an deiner Liebe!
Zum Herd des Hauses, welchen wir entweiht,
Tritt hin für uns und leg' den Ölzweig nieder.

(Titus bei der Hand ergreifend.)

Folg' mutig mir, laß sterben uns als Römer!

(Er steigt mit ihm auf das Schafott.)

So sei gesegnet, hehre Stadt! Ich schaue
Zum letztenmal auf deine sieben Hügel;
Aus unsrem Blute wird der Lorbeer sprossen
Und krönen Rom zur Herrscherin der Welt!

(Er kniet nieder und legt das Haupt auf den Block. Während
der Henker das Beil hebt, verhüllt Brutus das Antlitz, Sabina
sinkt auf die Brüstung nieder, die Scene verwandelt sich.)

Zweite Scene.

Halle zu Veji. Tarquin mit der Krone, im königlichen Purpur=
mantel. Aruns.

Aruns.

Verfolgt, gejagt, gehetzt von allen Seiten,
Entronnen kaum Gefangenschaft und Tod!
Sie sollen uns doch nicht entmutigt seh'n!
Haß gegen Haß! Fluch gegen Fluch!
Was wir versuchen, mögen sie's zerstören;
Sie reiben sich mit uns zugleich nur auf.
Wer immer wagt, gewinnt am Ende doch!

Gut ist zum Angriff die Gelegenheit,
So besser, weil sie schwerlich ihn erwarten,
Denn die Verschworenen kämpfen jetzt zu Rom
Für Leib und Leben, oder wenn sie feig
Sich fangen ließen, herrscht Verwirrung doch,
Und Brutus selbst, ins tiefste Herz getroffen,
Denkt an die Söhne mehr noch als an Rom.
Meinst du nicht auch? Wir dürfen hoffen jetzt
Und darum sei's gewagt.

Tarquin.

Zum letztenmal!

Die Siege nicht, die Rom uns abgerungen
Erfüllen meine Brust so tief mit Schmerz;
Denn lohnt' es, wäre Rom nicht eben Rom,
Um Kindertand zu greifen an das Schwert? —
Nicht diese Siege; doch gesteh'n muß ich,
Es bleibt uns nichts mehr übrig zu beginnen
Und ob wir hoffen dürfen, zeigt sich bald.

Aruns.

Beugt dich der Kampf der letzten Nacht so tief?
Nenn's Glück, daß ihren Reitern wir entgingen!
Verloren ist zwar viel, doch zu gewinnen
Bleibt alles noch.

Tarquin.

Als die Sibylla einst

Mir jene Schicksalsbücher bot zum Kauf,

Wies ich sie fort. Was sollten sie die Götter
Besuchen in der Grotte, wenn sie nicht
Sich meldeten in meiner Königshalle?
Sie aber hob den Arm, mit einemmale
Sah ich, als schwänd' vor meinem Blick der Nebel,
Die Geister Roms. Sie schwebten auf und nieder
Am Kapitol in dunkeln Wetterwolken;
In ihrer Mitte, stolz und feuerhell,
Erhob der Schutzgeist uns'res Hauses sich.
Ich wandte mich entzückt zur Seherin;
Sie aber hatte schweigend mich verlassen;
Doch aufgeschlagen lag vor mir das Buch.
Ich las mit Hast: „Tarquin, vernimm! es flieht
Dein Genius aus jener Geister Mitte,
Die Rom beherrschen, und du fliehst mit ihm!
Zwar vieles wirst du wagen, wenn jedoch
Der Thor, der aus dem Thore Roms dich trieb,
Vor seinem Tode zweifach starb für Rom,
Dann wird er sein den Göttern gleich an Ehre,
Und gegen Rom kämpfst du zum letztenmal." —
Empört warf ich das Buch zum Boden hin
Und sann auf Rache für das Gaukelspiel.
Jetzt tritt mir vor die Seele jener Spruch
Und ahnend fürcht' ich seinen Doppelsinn:
Den Tod von Brutus' Söhnen kündet er!
Die letzte Schlacht ist's, die wir heute schlagen,
Zum letztenmal leg' ich den Purpur an,

Zum letztenmal trag' ich das Diadem.
Als König hab' ich stets gelebt, als König!
So will ich's sein zum letzten Atemzug,
Als König schreit' ich durch des Orkus Thor
Und die im Leben mir gehorcht, sie haben
Es unten nicht vergessen, daß ich einst
Ihr König war, dort oben wird es Rom
Erzählen noch dem künftigen Geschlecht.
Dir bleibt die Jugend, und die Jugend hat
Die Zeit vor sich und in der Zeit die Hoffnung:
Verlaß Italien mit den Genossen,
Leicht gründest du den Thron im fremden Land,
Daß unser Haus stets Rom wie ein Komet
Von fern bedroh', bis sich das Schicksal ändert
Und es zurückführt an den Tiberstrand.

Aruns.

Italien verlass' ich nie. Ich strecke
Mit Riesenkraft die Arme aus nach Rom;
Sind sie mir abgehau'n, dann will ich noch
Es fassen mit den Zähnen. — Nein, nein, nein!
Die letzte Schlacht? — Und ist's die letzte, gut!
So wünsch ich nur, es sei das Märchen wahr:
Daß nach dem Tod die Seele jenseits lebe
Und wiederkehre; ja, dort wollt ich dann
Als Dämon schwarz vor Brutus' Lager treten,
Ihn zur Verzweiflung treiben, bis er sich,

Um zu entgeh'n den Qualen, selber trifft.
Jetzt laßt uns eilen, ehe noch der Funke
Von Tapferkeit, den ich bei diesen Vejern
Mit Müh' geweckt, erlischt.

(Augusta gefolgt von Sklavinnen mit Opfergerät.)

Tarquin.
Augusta!

Aruns.
Nimm Pfeil und Bogen statt der Opferschale,
Die Schlacht beginnt!

Augusta.
Du stehst gerüstet schon?

Aruns.
So trüb der Blick, der hell und glänzend sonst
Dem Sturm der Schlacht entgegen sah, das könnte
Mir einen Schatten in die Seele werfen!
Laß mit dem Opferrauch das Truggebild
Der Nacht entflieh'n.

Augusta.
Das Zwielicht glänzte schon,
Als wir vor Publius nach Veji floh'n.
Ich setzte mich ermüdet auf das Lager,
Bis Schmerz und Sorge mir die Augen schloß.
Was mich umgab, verschwamm in trübem Nebel;
Da fand ich mich, — nicht war's ein Traum wie
sonst, —

Nein, deutlich, wie ich euch hier seh' und höre, —
Mit Marcus im geschmückten Brautgemach,
Er schwur mir Liebe, plötzlich ward er bleich,
Er zitterte, und auf den Boden rollte
Sein blutbespritztes Haupt. Ich hob es auf,
Ich wollt' es küssen; aus den Lippen fuhr
Es wie ein Sturm und trieb mich durch die Wogen
Der wilden Schlacht, bis kalt mein Herz erstarrte
Und ich als Tote bei dem Toten lag.

Aruns.

Ein Traum, und die Sibylla, was gilt mehr?
Am meisten wohl Atellius, den wir
Um sich're Botschaft abgesandt.

(Atellius tritt auf.)

Augusta.

Die Haare wild verwirrt, das Auge weit,
Als hätt' er dort Entsetzliches geschaut!

Atellius.

Schickt mich nicht mehr; ich habe viel geseh'n
In Schlacht und Sturm, und kaum gezuckt da=
bei, —
Zu Rom, da graute mir; ich mußt' es greifen
Und griff ins Blut, das vom Schafotte rann.

Aruns.

Besinne dich.

Atellius.

Ihr kennt die Lufe kaum,
Wo von der Mauer hängt der Feigenbaum;
Ich klomm hinauf und schlich zum Marsfeld hin.
Es stand das Volk gedrängt, daß keine Nadel
Gefallen wär', und wäre sie gefallen,
Man hätt' es leicht gehört; sie waren stumm
Und schauten lang empor, wo Brutus saß.
Er sprach das Urteil. Den Verschwornen,
Den Söhnen auch! — als es vollzogen ward, —
Verhüllt' er das Gesicht und sank zurück;
Ein Wonnelaut ist jeder Seufzer, der
Sich durch die Nacht der Hölle ringt, so hell
Wie schneidend Erz drang es durch seine Lippen.

Aruns.

Ich glaub' es nicht!

Tarquin.

Ich denke der Sibylla!

(Augusta ab.)

Aruns.

O Schwester! — Aus der Wange wich das Blut,
Ihr Auge rollt, als wirble sie der Wahnsinn
Nach Rom zu seinem Grab; verlaßt sie nicht!
Ich bahne dir mit diesem Schwert den Weg!

(Alle ab.)

Dritte Scene.

Das römische Lager. Im Vordergrunde schließt ein Zelt den Raum. Brutus, Publius, Caeso, Tullus, Vindicius.

Publius.

Wie du befohlen, steht es aufgesetzt:
„Es ist zum Kriegsdienst jeglicher verpflichtet
Sogar der Witwe Sohn."

Brutus.

Das sagt' ich nicht.

Publius.

Ich zweifelte beim Schreiben, doch du sprachest:
Auf jedes Leben steht dem Vaterland
Der Anspruch frei.

Brutus.

Wie alt ist der Entwurf?

Publius.

Nur eine Woche.

Brutus.

Ändern wir es ab:
Die Witwe mag behalten ihren Sohn!

(Caeso tritt auf.)

Caeso.

Der Feind ist aufgestellt, es schreitet Aruns
Mit lautem Ruf' schon durch die Reihen hin
Und treibt sie trotzig gegen uns.

Brutus.

So wird es
Ein schwerer Kampf, weil es das Letzte gilt.

(Trompeten.)

(Tullus hastig.)

Tullus.

Zum Wall! zum Wall! die ersten Wachen sind
Geschlagen schon, die andern im Gedränge.
Sie griffen an, und nah und näher wogt
Hierher die Flucht

Brutus.

Ihr warft sie nicht zurück?

Tullus.

Hört ihr der Vejer wilden Siegeslärm?

Publius.

Der Vejer?

Brutus.

Sollte heut' uns jener Feind,
Der jeden Tag den Göttern dankt, wo er
Nicht fechten darf —

Publius.

Ich will es selber seh'n! (Ab.)

Tullus.

Voran den Vejern stürmt im weißen Kleid
Ein Frauenbild. Das dunkle Auge glüht

Pichler, Die Tarquinier.　　　　　　8

Im bleichen Antlitz, unverwandten Blicks
Als säh' sie nur das Ziel, nicht die Gefahr.
Wie eine Rachegöttin, atemlos
Drängt sie auf uns. Weg flogen Schild und
Schwert,

Gleich einer Memme floh, wer sie geseh'n.
So stürzt sie fort, der Graben hemmt sie nicht,
Es sinkt der Wall, die Palissade fällt,
Mit einemmale steht sie auf der Höhe
Und weithin flattert ihr Gewand im Wind
Wie eine Fahne. Massenhaft und breit
Dringt ihr die Flut der Vejer nach; das ist
Nicht Menschenkraft, was sie emporgetragen.

(Vindicius stürzt herein.)

Vindicius.

O Brutus, Publius —

Brutus.

Er hat gesiegt?

Vindicius.

Vergebens stemmt' er sich, sein Helmbusch sank
Und d'rüber rast die Flucht wie ein Orkan.
Denn wider uns kämpft eine Eumenide
Hoch wie der längste Speer. Vernichtend bringt
Aus ihrem Munde Feuerqualm und Rauch.

Brutus.

Sah's eure Furcht? — Für diesen König kämpft
Kein Gott mehr! Und für ihn genügen wir.

(Alle ab.)

Während einer kriegerischen Musik wird das Zelt weggeschoben,
so daß die Bühne und der Hintergrund frei ist. Freier Platz
zwischen den Zelten des römischen Lagers. Aruns, Vejer, dann
Atellius und Augusta mit Kriegern später Brutus, Tullus und
Römer. Tarquin, Mamilius, Vejer.

Aruns.

Die Rache blüht, drängt auf der Ferse nach,
Daß sie verzweifelnd zwischen Schwert und Flamme
Nicht mehr entflieh'n, gönnt ihnen keine Rast!

(Trauermarsch. Als er abgehen will, tritt ihm Atellius mit
einer Schar Krieger entgegen. Sie tragen auf den Lanzen-
schäften die verwundete Augusta in den Vordergrund.)

Aruns.

Augusta!

Atellius.

Sie lag hingestreckt am Boden
Die Brust vom Speer durchbohrt. Zerstreut im
Lager
War rings der Vejer Schar, die ihr gefolgt
Und plünderte.

8*

Aruns.

So treffe sie der Römer!
Das Leben ausgelöscht! Da hilft kein Arzt,
Das kenn' ich gut! — O meine Schwester! — still
Sie atmet noch, sie schlägt die Augen auf!

(Augusta richtet sich langsam auf.)

Augusta.

Stütz' mir das Haupt! du weinst? Auch Aruns ist
Nicht Aruns mehr! So weih'n die Götter uns
Zum Untergang. Leb' wohl! noch einen Blick! —
Auf ewig wohl! Du goldnes Sonnenlicht
Willst du mir leuchten noch am Hochzeitstag,
Warum verglimmst du heut vor Abend schon!

(Stirbt.)

Aruns.

Deckt sie mit euren Schilden, bis wir Lorbeer
Auf ihre Bahre streu'n. O meine Schwester!
Ich will dich rächen, ist's das Letzte doch,
Was dir des Bruders Arm gewähren kann!

(Brutus bringt mit den Römern heran.)

Aruns.

Zu dieser Leiche, Brutus, ruf' ich dich,
Zum Totenopfer ruf' ich dich!
Du magst es in der Unterwelt noch rühmen,
Daß deinen Staub ich diesem Staube mische.

Zum Kampf! zum Kampf! dann weih' ich dieses
Schwert
Im schwersten Fluch mit deinem Blut der Hölle. —

Brutus.

Ich rufe gegen dich die Götter Roms. —

(Sie fechten.)

Aruns.

Daß sie mit dir es in den Abgrund schleudern!

Brutus.

Auf deines Stammes Grab es zu erhöh'n!

(Verwunden sich gegenseitig. Aruns fällt.)

Brutus.

Rom ist gerettet!

Aruns.
Laß Atellius

Den Klumpen hier, der Aruns einst geheißen!
Such' meinen Vater, daß nicht Publius
Zum Kapitol ihn im Triumphe schleppe
Und ihm der Pöbel in das Antlitz spuckt.
Mein Blut genügt! Wie grau wird diese Welt!
Auch Brutus sinkt — das Narrenspiel ist aus.

(Stirbt.)

Brutus.

So niedrig jetzt, was kurz zuvor so hoch,
So winzig an dem Thor der Ewigkeit!
Und doch war schlecht und eitel nicht mein Thun,

Daß ich mich ruhig vor die Richter wage
Am Acheron! Ich hör' ihn rauschen schon,
Der Söhne Stimmen, seh'n kann ich nicht mehr, —
Sie sind entsühnt! Nun laßt mich ruh'n bei euch!

(Stirbt.)

Publius mit Kriegern; diese wollen angreifen, er hält sie mit
seinem Speer zurück.

Publius.

Senkt eure Waffen, aus den Wolken griff
Die Hand der Götter und sie hat — gerichtet!
Wo alle Macht der Welt sich beugen muß,
Wär's Frevel, zu erheben noch ein Schwert.

(Tarquin mit Kriegern.)

Tarquin.

Aruns! — Aruns! tot? — tot? —
Aus seiner Wunde fließt kein Blut mehr! Ha!
Wer so getroffen ward, der reicht dem Vater
Nicht mehr die Hand! — Augusta tot!
Auch Brutus tot! — Faßt dieser enge Raum
Von wenig Schritten so viel Haß und Liebe?
Ist's Thorheit nicht, nicht Wahnsinn, daß ich
athme, —
Ein Traum, wie ihn nur die Verdammten träu-
men? —
Halt, halt! — wenn ich die Augen decke, — nein!
Weit offen sehen sie nur Leichen hier,
Nur Leichen hier, und ich erstarre nicht

Zu Stein hier am Medusenblick des Todes!
Warum erhärtet nicht mein Herz zugleich
Wie dieser Panzer, der es fest umschließt?
Ihr habt zerstört, ihr Götter! Kraft und Schönheit
Und lacht der Opfer, die wir euch gebracht!
Rollt eure Donner, daß zu Staub ich sinke
Und Nacht den Geist für ewig mir umhülle!
Doch beten? — Nicht einmal den Tod schenkt ihr,
Wenn ihn ein Armer sehnend sich erfleht.
So wend' ich mich zuletzt an euch, ihr Römer:
Ist keiner hier, dem ich den Vater schlug,
Den Bruder würgte, dessen Weib und Kinder
Ich ohne Gnade trieb vom Herd des Hauses? — — —
Er trete vor — hier, hier! — durchbohre mich
Und jauchze dann: Vergolten hab' ich ihm!
Ihr schweigt, ihr starrt auf mich, — es ist vor=
                                        bei! . . .
Als Bahrtuch leg' ich diesen Purpurmantel,
Der nur zum Hohn noch diese Schultern deckt,
Auf ihre Gräber hin; — fort, goldner Reif,
Zerbrochen werf' ich ihn vor eure Füße, —
Hier herrscht nur noch des Todes Majestät!
O Publius, wild bist du zwar, doch edel,
Drum beugt Tarquin besiegt vor dir das Haupt,
Vor dessen Winke Rom im Staube lag, —
Um eine Schaufel Erde bittet er
Für diese Leichen; — schweigend nickst du ja! —

So ist's vorbei! — Gebrochen liegt der Speer
In meines Aruns Hand; — ein Pilgerstab,
Auf den sich schwankend stützt ein schwacher Greis
Von Stadt zu Stadt; der letzte König Roms!

Publius.

Du hobst dich über Menschen stolz empor,
Der Götter heiliger Zorn hat dich zermalmt!

Druck von C. H. Schulze & Co. in Gräfenhainichen.